窪島誠一郎・松本 猛 ホンネ対談
〈ふるさと〉ってなに?!

新日本出版社

〜暈平さん、ふるさと、これでいいんですか？
このくに、これでいいんですか？〜

ごあいさつ

敗戦後の一九四五年（昭和二十年）。上田駅前の一隅に「千曲文化クラブ」が誕生しました。

「貸本屋のようなことから始めたんだよ」、わたしの父・小宮山量平はそう語っていました。

〝これからどう生きたらいいのか〟――戦後の混乱の中でたたずんでいる若者たちに、それをさぐる手だてとなる場所を、ささやかだけれど自由に学べる場所を……、父はそう願ったのでした。

「上田自由大学」がかつて存在していたというこの土地への誇りが、その背中を押していたのだと思います。

やがて上京。東京で「理論社」をおこした父は、一九五六年（昭和三十一年）「千曲文化クラブ」を継承する形で、《私の大学》シリーズの刊行に着手します。それは若者たちに本という形で〝講座〟を送り届ける試みでした。

それぞれの本の巻頭にかかげた言葉は、

　学ぶとは　誠実を　胸にきざむこと
　　教えるとは　ともに　希望を語ること

　　　　　　　　ルイ・アラゴン

〝学ぶことの喜び〟を伝えたいと願う、深い思いが込められています。

ゴーリキーの自伝的小説に由来する《私の大学》。

それぞれの心の中に「自分の大学」をつくることの大切さを父は語っていました。

晩年、ふるさとの上田で、九十五歳で亡くなる直前まで、《私の大学》シリーズのような出版物を復活させたい、そして、「上田自由大学」のような学びの場を復活させたいと、夢をふくらませていました。

〝自分の足で立ち、自分の頭で考える若者たちのよみがえりのために〟——。《私の大学》に込めた思いを、最後の最後にそう書き遺しています。そんな父の願いにつき動かされて、わたしはこのたび《私の大学》講座を立ち上げました。

「日本のほんとうの敗戦は、同胞の自立的精神が失われた日にこそ訪れるのだ。」

——父がくり返し語っていた〝第二の敗戦〟。

今まさにその〝敗戦〟の状況を呈しているこの国のありようを目のあたりにして、立ちすくんでいます。

「おとうさん、これでいいの?」……。わたしは問いかけずにいられないのです。

この思いを、おなじ信州の地で美術館を営まれている、窪島誠一郎さんと、松本猛さんのおふたりが共有して下さって、対談という形で今回の《私の大学》講座を実現することができました。

父から返ってくることのない答えを、おふたりがきっとそのお話の中で指し示して下さると思っています。

小宮山量平の編集室

エディターズミュージアム　代表　　荒井　きぬ枝

目次

〈第一部〉 美術館をつくる

安曇野ちひろ美術館　撮影：中川敦玲

松本猛：ごあいさつ

僕の母、いわさきちひろは青年時代に戦争を体験しました。戦争が終わったときは二十六歳。疎開先の松本から一九四六年に上京し、絵の勉強をしながら画家として仕事をはじめます。

小宮山量平さんは、母より二歳ほど年上になります。やはり、軍隊から復帰して、神田で理論社という出版社を立ち上げたのが一九四七年、三十一歳のころでした。

当時、母も神田に住んでいました。それは出版社が数多く、絵を売り込んだり届けたりしやすいという利点があったからです。おそらく、このころから小宮山さんとも接点があったのでしょう。母は神田時代に松本善明《ぜんめい》と出会い、結婚して一九五一年に僕が生まれます。翌年、母は今の「ちひろ美術館・東京」がある練馬区下石神井《しもしやくじい》に家を建てて移ります。神田時代に知り合った子どもの本の関係者の方々とはその後もお付き合いがありました。保育園のない時代でしたから、母は僕を連れて仕事の打合せに出ることも多かったようで、小宮山さんにもずいぶん可愛がっていただいたそうです。

そういえば、水上勉《みずかみつとむ》さんもこのころ神田近くに住んでいたそうですね。

当時は戦争の反省のなかから、新しい文化活動が一斉にはじまった時期でした。神田界隈を中心に、大小さまざまな出版社が、戦後の貧しさと混沌のなかから立ち上がっていました。

母は、よくこんなことを言っていました。

「理論社は、いいのよ。なにしろ鰻屋がついているから（笑）。どこかで稼いでいる人がいないと、出版社は難しいのよね」

小宮山さんのご実家、長野県上田駅前にある老舗の鰻屋さんが、当時は、理論社をいろいろな面でバックアップしていたのだそうです。

戦後すぐの時代は、二十歳でも三十歳でも年齢に関係なく、みんながおなじスタートラインに立っていました。ひとつのかたまりのようなものだった。そのかたまりが生み出した、戦後のうねりがあります。それは、子どものための文化や教育活動であったり、平和運動であったり、男女平等をはじめとした人権運動でもあった。そのうねりが、今の時代にどのように受け継がれているのかを、僕は考えてみたいと思っています。

さて、僕は長野県の安曇野《あずみの》に、一九九七年に安曇野ちひろ美術館という絵本の美術館をつくりました。なぜ、信州で美術館をはじめたのかということをお話しします。

美術館といっても、まずは食っていかなければなりません。美術館の経営は、まじめにやればやるほど、お金が出ていくものです。

僕は、窪島誠一郎さんのように「お金ちょうだい」と上手に言えるタイプではありません（笑）。それで悩みました。

母が亡くなって三年目の一九七七年に、東京の練馬にあった自宅を半分壊して、一八〇平米しかない住宅規模のいわさきちひろ絵本美術館（現＝ちひろ美術館・東京）をつくりました。当時二十六歳でしたが、その後、全国の中小の美術館を見て回りたくて、ある週刊誌の連載を引き受け、美術館取材をしていた時代があります。

その取材で、信濃デッサン館に窪島さんを訪ねたことがあります。デッサン館は一九七九年開館ですよね。たぶん開館したという情報を見て、行きたいと思ったんでしょう。窪島さんは今でもカッコいいですが、当時はカッコよすぎて、近寄りがたい雰囲気がありました。そのとき窪島さんはカフェに座って、長い足を組んで塩田平《しおだだいら》のはるか彼方にまなざしを向けながら「美術館は、まずは、景色の良い場所にカフェをつくることだよ」と言ったんです。へぇーって思いました。実は、いま、安曇野ちひろ美術館のカフェは、白馬岳までずっと見渡せる、美術館のなかでいちばん景色の良い場所にあります。これは窪島さんの教えを忠実に守っているのです。

もともと、ちひろ美術館は、母・いわさきちひろの業績を記念して、絵本の専門美術館をつくろうということで、スタートしました。

しかし、ちひろが亡くなったばかりのころ、絵本画家の絵というものは、美術品としては認められていなかった。たいていの学芸員は「絵本画家の絵なんて芸術じゃない」と思っていました。

それでも、必死で画集をはじめとしたちひろ関係の本を毎年十冊くらいつくり、カレンダーやグッズの販売にも力を入れました。やがて、開館から四年目の一九八一年に黒柳徹子さんの『窓ぎわのトットちゃん』（講談社刊）が出版されます。この本の大ヒットも追い風になり、画家いわさきちひろの認知度も高まって、美術館にも少しばかりお金が入るようになってきました。

母は僕が大学の時に亡くなったので、卒論を急遽「絵本論」に切り替えて卒業しました。幸運なことにその論文が、「月刊絵本」という雑誌に連載してもらえ、さらにそれを本にすることができた。後から思えば、あの卒論は、現代絵本を美術として研究した最初の論文だったんです。そんなこともあって、僕は若造だったのですが、絵本の評論や研究の分野で少しばかり注目されるようになりました。美術館も軌道に乗りはじめたこともあり、世界の絵本事情を調べるために原画展などにも足を運ぶようになります。そして審査員などもしばしば務めるようになりました。

しかし、世界中のどこへ行っても、絵本画家の絵は美術作品としては認識されておらず、絵本の原画はどこでも大切に扱われてはいなかった。

このままだと、絵本画家の絵は、たとえ高い評価を得たすぐれた作品でも、作家がなくなれば散逸してしまうと、僕は危惧しました。

それでちひろ美術館は、少しずつ、世界中の絵本画家の絵をコレクションしはじめたのです。

とはいえ、財閥がつくった美術館とは桁が違いますから、作品にそれほど高いお金を払えるわけではない。でも、画家たちは「日本には絵本の美術館があるのか」と感動して、ほんとうに安い値段で譲ってくださることも多かったのです。そうして集まってきた絵が、いま、ちひろ美術館のコレクションの基本になっています。

現在のコレクション数はちひろ作品九四五〇点を別にして一万七三〇〇点。世界三十三の国と地域の二百三名の画家の作品です（二〇一五年現在）。絵本美術館としては最大規模のコレクションです。もちろん当時はこれほどの数ではありませんでしたが、世界中から集めてきた作品はどんどん増えていきました。せっかく集めた作品を見せたい。しかし、東京の練馬にある美術館で常設展示するとなると、手狭で大幅に増築しなければならなかった。東京の館にお金をかけたところでたいして広くはできませんし、来館者がそれによって倍増することは考えられない。ならば、どこか別の場所でつくろう、となったわけです。

海外出張の機会があるごとに世界の美術館を見て回っていたので、中小規模の美術館では、観光地型、公園型のところしか成功していないことはわかっていました。そこで、僕もどこか地方の観光地につくろう、と考えました。いわさきちひろにゆかりのある観光地となると、信州・安曇野しかない。しかも、安曇野には碌山《ろくざん》美術館をはじめたくさんの中小の美術館がすでにありました。

こうして、安曇野にちひろ美術館をつくったのが、一九九七年のことでした。僕は南仏の美術館ゾーンをイメージして、安曇野アートラインという美術館と市町村を巻き込んだ美術館の連携組織をつくりました。

しかし、日本の文化行政というのはまだまだ弱いもので、政治はこんなに文化につめたいものなのかと、身をもって感じるようにもなりました。二〇〇二年からは県の美術館の館長も兼ねていたので「こうなったらもう、自分が知事になったほうが手っ取り早い!」(笑)なんて、考えをもった時期もありましたね。

窪島誠一郎:ごあいさつ

はじめてお会いしたころは、まだ初々しかった青年が、いつのまにか立派なあいさつをするようになられたなあ(笑)と、松本さんのお話に聞き入っていました。

松本さんがおっしゃるとおり、たしかに美術館の経営は、たいへんです。僕も美術館をはじめようとしたとき、女房や子どもに、大反対されました。

もっとも、僕が美術館をはじめたのは、松本さんとはだいぶ事情がちがいます。僕は最初から、美術館では食べていけないと思っていました。ある種のナルシズムではじめたことであって、だれも訪れない美術館で、やがては自爆して、もうお手上げなんて状況も、最初からイメージのなかにありました。

はじめて上田を訪ねたのは、一九七七年夏のこと。僕は、当時三十五歳でした。そのころは、東京で飲み屋と画廊を経営して、そこそこ小銭を稼いでいました。もともと僕は美術かぶれの男で、とりわけ、村山槐多《かいた》という大好きな絵描きがいました。村山槐多というのは、信州上田を放浪しながら絵を描いて、二十二歳で亡くなった早世の画家です。僕は、彼の絵をもとめて上田にやってきたのです。

小崎軍司《こさきぐんじ》さんという、五十九歳で他界された評論家の先生が、その当時はお元気で、奥様といっしょに上田駅に出迎えてくださいました。そして、蝉時雨《せみしぐれ》のなか、駅前で鰻を食べさせてくれた。当時、その鰻屋の一階に喫茶店があって、そこに〈小宮山量平の本棚〉というコーナーがあった。それを見て、「ああ、理論社でたくさんの作家を世に送り出した名編集者、あの小宮山量平さんは、この土地の人なんだ」と知らされました。それで、なんだか勇気百倍を得たような気になったことを、いまでも思い出します。

それからというもの、僕は立てつづけに上田に通うようになりました。

千曲川にかかる大屋橋のたもとに〈安楽〉という旅館があって、そこのご主人の秦さんという方が、村山槐多のスポンサーでした。そこで、槐多のデッサンを数点、さらにその紹介で、地元の旧家でたくさんの槐多の絵を見せてもらう機会にめぐまれました。

あのころは楽しかった。村山槐多をはじめ、同じように夭折《ようせつ》した画家たちの絵を集めた、小さな美術館をつくってみたいという想いが、僕の中でどんどんふくらんでいったんです。

僕はそんな想いを胸に、美術館を建てるのに良い土地はないかと、あちこち歩き回っていました。たまたま前山寺《ぜんざんじ》の参道をのぼっていたところ、田んぼにおばあちゃんがいたので「ここの土地はどなたの持ちものですか?」って聞いたら「ここは寺のもんだわ」と言う。それでお寺にあがっていったら、そこにいらしたのが、名物のくるみおはぎの発案者としても有名なご住職夫人、守《もり》ふみさんでした。僕は丘の上にたって「この場所に、こんな美術館をつくりたいんです」と、両手を広げてお願いしてみました。そのとき撮ったセピア色の写真はいまでも大切にとってあります。そしたら、守さんはふたつ返事で「この土地貸すから、おやりなさい」と言ってくれた。

そこから美術館づくりがはじまりました。

とはいえ、当時はくるみおはぎもそれほど知られていなくて、観光バスも来られない畦《あぜ》道で、こんなところに美術館をつくって人が訪れるとは思えなかった。〝じゃあ、どうやって食べていこうとしてたの〟、と問われると、それがよくわからない。ただ、僕はあの土地に住んでみたかった。村山槐多はじめ夭折した画家たちの絵を展示して、あの絵たちといっしょに住んでみたかった。それだけで良かったんです。僕は松本さんのように、しっかりした美術館建設のリサーチなんてしていませんでした。

一九七九年の六月に、信濃デッサン館は完成しました。丸子《まるこ》町の建設会社に頼んで、六千万円かかると言われたところを半分にしてもらって、薬局で買ってきたゴキブリホイホイを見せて、これとおなじようなスレート葺《ぶ》きとブロック塀の建物をつくってほしいとお願いした。結果として、盛り土のしっかりした土台の建物が出来上がりました。

この信濃デッサン館は、二〇一四年の六月三十日で、開館三十五年になりました。

その後、大きな運命の変転が来たのは、信濃デッサン館をはじめてから十八年目のこと。僕は五十二歳になっていました。

自分の人生を振り返ると、「あのとき、どうして……」と思うような、いくつかのボタンの掛け違いがあるような気がします。

そのひとつが、無言館をつくったことでした。

きっかけは、戦地からお帰りになった野見山《のみやま》暁治《ぎょうじ》さんという絵描きさんに出会ったことです。槐多忌《かいたき》という村山槐多を偲ぶ催し物がありまして、多くの方々が信濃デッサン館に集まってくる。槐多の縁者でもある黒柳徹子さんもいらっしゃいました。野見山さんも、お招きした方のお一人です。

催し物のあとで、野見山さんといっしょに別所温泉に行って、一杯飲んだときのこと。野見山さんが「戦地では、自分より才能のある画学生がたくさん死んでいった。戦後五十年が近い今、このままでは僕の仲間たちの絵は、どこかに消えてしまうだろう」と、おっしゃった。その瞬間、僕はぶるっときて、「集めよう」と思ったんです。僕にはぶるっとくる癖がある（笑）。これは論理的なことじゃない。ときどき、そういうことがあるんです。

しかし、それからだいぶ経って、野見山さんにお会いしたときは、「あのときは酒の勢いで、戦没画学生の絵を集めてみろ、なんて簡単に言ったけど、当時の学籍簿なんてあてにならないし、遺族の所在だってわからない。一本一本糸をたぐりよせるように、彼らの絵を集めるのは大変なことだよ。金も時間も労力もかかるから、やめたほうがいい」とおっしゃる。

でも僕は、なにかひとつスタンドプレーをしてみたかった。戦争で亡くなった画学生の絵は、ほっといたら、確かにこの世から消えてしまう。絵描きは作品が命ですよね。だから、作品さえ残っていたら、まだ死んだとは言えない。とにかく自分の手で一点でも二点でも集めて、そうして信濃デッサン館の片隅にコーナーをつくって飾ろうって、最初はそのくらいのイメージでした。たくさん絵が集まるなんて、思っていなかった。

ところが一年くらいしてからでしょうか。芋づる式に情報が集まってきて、思いのほかたくさんの絵が集まってきた。そうなると、これは別棟の美術館をつくるべきじゃないかな、という気持ちがしてきたんです。

野見山さんにそのことを電話で相談すると、「金はどうするんだ?」と心配される。

「おれは、金はないぞ！」なんて、聞いてもいないのに言われたりしまして（笑）。それで、僕からは「寄付を集めましょう。先生は有名人だから、朝日新聞や日経新聞に書いてください」とお願いし、ともかくも口座を開きました。でも、ほんとうにお金が集まるとは思っていませんでした。だから口座もしばらく見ていなかったのですが、あるとき、ふっと見ると百万円を超えていた！　カタカナのいろいろなお名前で、五千円、一万円、三万円……って入ってくる。それで、僕は喜び勇んで、「可能性あるよ、つくろう！」って、野見山さんに報告したんです。

それでもなぜか、野見山さんの反応はいまいち鈍い。そう、今から考えてみると、戦地から帰ってきた絵描きさんたちにとって、戦後の経済成長で小銭をためた男が、美術館つくって戦没者を追悼しようなんて、そんな軽い問題じゃなかったのでしょう。ほんとうの〈無言館〉は、おそらくみなさんの心のなかにあったんじゃないでしょうか。ところが、僕のような男が、きわめて具体的に金のやりくりをして美術館をつくろうと邁進している。そんな現実の姿を見せつけられても、なんだかついていけない。自分だけが抱えてきた大切な想いを、そっとしておいてほしい。そんな気持ちだったんじゃないでしょうか。僕は、そんなふうに想像します。

ともあれ、お金のほうは着々と集まってきました。

久米宏さん司会の「ニュースステーション」に出演したことがあります。フィリピンのルソン島で死んだ方が描いた恋人の裸体像をもとめて、鹿児島の種子島を訪ねたときの様子を取材されました。そのときちょうど僕は風邪をひいていて、四十度も熱が出て、頬はこけ、目はうつろで、よたよたしながら絵を抱えていた。そんな、いかにも苦労して絵を集めている感じの映像が、テレビや新聞に出回るわけです。僕はこういうとき、ちゃんとやつれた顔ができる（笑）。それが世論を喚起させた。

結局、寄付金は四千二百万円も集まって、残り五千万円くらいを銀行にかけあって、美術館をつくりたいと申し入れました。

銀行の融資課では「戦争で死んだ人の美術館をつくるって、有名な画家はいるんですか?」っていきなり聞かれました。そんな人いるわけないじゃないですか。だって、若くして戦死してしまったんだから。おそらく銀行は、僕のいうことをあまり信用していなかったと思います。だって、信濃デッサン館のときだって、融資はしたものの、あんまり人は来ない。そのかわりに僕は、本書いたり、講演したり、別ルートで金をなんとか工面してくるようなヤクザな男でしたから。そんな男が、またまた荒唐無稽な企画をもってきた、といったところだったんでしょう。

ところが銀行っていうのはさすがなもので、降り積もるように全国から集まる寄付金だけは、しっかりチェックしていたんじゃないかな。たぶん、戦没画学生慰霊の美術館という企画が良くて稟議《りんぎ》が通ったわけじゃなく、「これは手堅い事業」と思ったのかもしれませんね。

その後、一九九七年五月に、朝日新聞「天声人語」が二日間つづけて、無言館を特集して、全国的なものすごい反響になった。

まさに「ボタンの掛け違い」です。

僕はときどき自分が〈うきぶくろ〉だと思うことがある。自分自身が意志をもって動いているのでなく、なにか得体の知れない他の力によって流されているような感じです。

信濃デッサン館というのは、いってみれば私小説の世界なんです。僕の心の風景を形にしたもの。ところが無言館では、社会小説の世界に一歩踏み出してしまった。もともと早世画家の絵を展示しようなんていう、ひっそりと趣味人で終わるべき男が、ふと気がつくと社会の表舞台に引っ張りだされていた。

これは、けっこうしんどい。見ず知らずの男に、千円、二千円を出した人たちから見張られているような気がして、焼き鳥食べに行くのでさえ、注文するとき、なんだか申し訳ないような気分になったりします(笑)。もちろん、寄付金を使って食っているわけではないのですが……。

ともあれ、高度経済成長の波間をふわふわと漂っていた〈うきぶくろ〉が、いつしか上田に流れつき、無言館なんてものをつくりはじめることになってゆく。

そのころからです。僕がこれまで生きてきた、五十数年っていったい何だったのだろうって、はじめて自分の戦後というものを考えるようになりました。

松本：窪島さんのお話が、このまま延々続きそうな勢いになってきましたが、いちおう今回は対談ですので（笑）、お話の途中ですが、ここで僕にも口を挟ませてください。

ここまでの窪島さんのお話では、「はじめから美術館で食べていこうなんて思っていなかった」、そして「ボタンの掛け違いから無言館がはじまった」ということでした。

ならば、信濃デッサン館や無言館は、どうして、こんなに長く存続できているのだろうと、僕は不思議に思います。

じつは、窪島さんから僕にも、ときどき寄付金を募るハガキが届きます。もちろん、僕だけではなく多くの方々におなじハガキが届いているのでしょう。僕は、「またハガキが届いた」と、呆れながらも、窪島さんのためには何かしなければいけないという気持ちになります。そのような気持ちを起こさせる窪島さんって、どんな人なのだろうという疑問から、僕は今回の対談を、とても楽しみにしていました。

そこで、ひとつ具体的な質問をさせてください。窪島さんは、無言館に飾られている絵について、芸術作品としては、どのように評価されているのでしょうか?

窪島：僕自身、無言館に展示されている一点一点は、けっして名画だと思っていません。花瓶に花が生けてあるのか、花瓶のむこうに花があるのかわからないような未熟なデッサンのものもある。総じて、芸術に達していると言えるものは、ほとんどない。とてもじゃないが、いわさきちひろさんの絵と比べるレベルではない。

僕も最初は「なんじゃこりゃ」と思いながら、運んでいましたよ。

ところが十点、二十点と絵が集まりだしたとき、不思議なことが起こりはじめました。

なぜか、コーラスが聞こえてくるんですよ。

僕が夜中に起きてトイレにいくとき、「もっと描きたい、もっと描きたい」って、どこからともなく声が聞こえてくる。怪談みたいですが、これ、ほんとうの話です。

開館して五年目くらいでしょうか、戦争体験のある高名な彫刻家が、はじめて無言館を訪ねてくださった。三時間ほどじっくり絵をご覧になったあとで、その彫刻家はこうおっしゃった。

「ありがとう。いい絵を見せてもらいました。上手い下手ではありませんね。絵を描こうとする人間が立たなければいけない場所に、彼らは立っている。ここに集まっている絵は、そのことを教えてくれます」

そう言われてみて、僕は目から鱗……のように、無言館の意味に気がつきました。戦争という、明日には死んでしまうかもしれない状況のなかで、「絵を描きたい、ああ、もっと描きたい」と叫ぶ、画学生たちのコーラス。そう、愛する家族を描くこと、好きな女性の裸を描くこと、窓辺の一輪の花を描くこと。絵を描くって、こんなにも健気で、こんなにも素晴らしいことなんだって、そのことに気づかせてくれる場所。それが、無言館なのだと。

松本：たしかに絵というものは、テクニックとしての上手い下手とは別の次元で、ひとを感動させる力がある。美術を語るうえで、これは重要な問題だと思います。

僕は、窪島さんという人は、特殊な勘をお持ちなのだと思います。自分は〈うきぶくろ〉だとおっしゃるけれど、無言館なんて発想は、窪島さんでなければ誰も思いつかなかったでしょう。しかも発想だけでなく、ほんとうにつくってしまうところが、すごい。

無言館ができたことによって、いま、あの時代を見つめようとする人が、着実に増えています。

窪島さんは、たとえ上手くない絵であっても、どんな価値があるのかということを鋭く嗅ぎつけ、人の興味をひく演出ができる。信濃デッサン館も、無言館も、ひとつの舞台としてつくられていると思うんです。

もともと日本人は、一枚の絵の向こう側に、ドラマを見ることが好きです。信濃デッサン館の村山槐多にしても関根正二《しょうじ》にしても、夭折の画家というだけで、なにかしら悲しみを誘うところがある。日本人は、生前はまったく評価されなかった貧しい画家や、身体の具合がわるかった画家のほうに、好感をもったりします。

窪島さんは、そんな勘所をうまく押さえている。

たとえば、僕は窪島さんの講演を聞いたことがありますが、その語り口のうまさは圧巻です。飲み屋のおじさんが苦労してお金をためて、塩田平の丘の上に建てたデッサン館の語りを聞くだけでうるうるしてくる。そこへいく道筋の話がまたいい。上田からでているローカル線の、電車がトコトコ走っているだけの小さな駅から、汗だくになって畑のなかを歩いて、ようようたどり着く、というようなことを話すのですが、情景が目に浮かんじゃうんです。そして、一枚の絵に出会う。その絵は、早くしてこの世を去った画家の絵……それだけで、いろいろな想いが生じて胸が一杯になってしまう。

無言館は、丘のてっぺんにある十字架の形をした建物。その扉を、そっと開けて入っていくと、戦争で命を落とした画学生たちの絵が飾られている……、そこに、言葉にできない不思議な静けさが漂っている。

これはもう、小説や映画の世界です。

つまり、窪島さんの人生、早世画家たちの人生、戦没画学生たちの人生、そして、美術館を訪ねる方々それぞれの人生。そういうものが折り重なって、ひとつの物語として、絵と人との出会いが、演出されている。窪島さんは、そんなふうに小説や映画に転換していけるような、絵の価値を見つける才能をお持ちなのだと思います。

窪島：そうでしょうかね。才能というより、生き抜くための本能かもしれない。ただ、僕自身は、それほど自分の人生が「雨でずぶぬれになった仔犬のような」悲惨なものだったとは感じていません。苦労して集めた絵に、自分の人生を重ね合わせるようなことも、ほとんどない。

でも、端《はた》から見たら、窪島の人生はいろいろ大変だったと思われるのでしょう。美術館を訪れ、僕の本を買ってくださる方の多くは、なにかしら、僕が集めた絵と、僕の人生を結びつけた物語を見いだしているようです。それは、それでかまわないとも思っています。

ご存知のように、僕は長いあいだ、実の両親を知らずにいました。作家の水上勉が、ほんとうの父親だと知ったのが三十四歳のときです。はじめて彼に会ったとき、「この人は、生命力の強い人だな」という印象を持ちました。まさに、生き抜くための本能を持った人だと、瞬時に感じた。そして、彼もまた僕にたいして、おなじことを感じたことがわかりました。

実の母親のほうは、益子《えきこ》と言います。彼女は十五年くらい前に自殺して亡くなってしまいましたが、生前に二度ほど、信濃デッサン館を訪ねてくれたことがあります。

一度は、僕が不在のときで、手編みのセーターを置いて、帰っていきました。

二度目に訪ねてくれたときは、団体旅行だったらしく、バスが出発するまでの短い時間に、僕と立ち話をしました。そのとき、母が言ったことを、ふと思い出します。

「誠《せい》ちゃん、また、あたらしい美術館をはじめるんだって？　戦没画学生の絵を集めるなんて、きっと、戦死した山下さんが、誠ちゃんに乗り移ったのね」

そう言われて、僕ははっとしました。この山下さんというのは、僕の人生のキーパーソンなのです。

僕が生まれたばかりのころ、水上勉と益子は、東中野で下宿していました。その隣の部屋に住んでいたのが、山下義正《よしまさ》さんと、静香《しずか》さん。お二人は明治大学の学生夫婦でした。

そのころ水上夫婦は、貧しく荒《すさ》んだ暮らしをしていて、僕を育てていくことができなかった。そこで、この山下さんに「この子をもらってくれる人はいないか？」と相談をします。山下さんは、明治大学の近くで靴の修理屋をやっている純朴そうな窪島夫婦が、子どもをほしがっていることを思い出し、当時二歳の僕を、その夫婦に引き渡したわけです。

山下義正さんは、その後フィリピンへ出征して、玉砕死されたそうです。しかし、僕はそれまで一度も、山下さんの死と、無言館とをむすびつけて考えたことなんてなかった。

あのとき、実の母親に言われてはじめて気がついたんです。そうか、〈うきぶくろ〉の僕を、戦死した山下さんの力が動かしていたのかもしれない、と。

僕のような、ふわふわとした人間とちがって、松本さんの場合は、もっと明確な意志をもって、ちひろ美術館をつくられたのでしょうけど。

松本：窪島さんのお話を聞いていると、無言館というのは、美術館よりも文学館に近い。つまり、美術を見るという以上に、人生を見るような場所。絵のむこうに、画学生たちの人生のドラマを、感じ取ったり、読み取ったりする場所です。

ちひろ美術館の場合は、どうでしょう。もちろん、いわさきちひろの絵を見てもらう場所です。しかし、それと同時に、ちひろの人生を見せる場所でもある。きれいで、かわいらしくて、やわらかな、ちひろの絵。あの絵は、いったいどんな人生の中で生まれてきたのだろう。そのことを、探れるような場所であったらいいなと、僕は思っています。

僕が、ちひろ美術館をつくろうと考えたのは母が亡くなった、二十三歳のときでした。その少しまえ、二十二歳だった学生時代に、『戦火のなかの子どもたち』（一九七三年、岩崎書店刊）という本を、母といっしょにつくりました。

当時は、ベトナム戦争の末期で、毎日のようにアメリカ軍による無差別爆撃が報じられていました。ベトナム戦争では百万人とも、百五十万人とも言われる犠牲者が出て、その中にはたくさんの子どもたちが含まれていました。まったく罪のない子どもたちです。

この戦争はどこかおかしいと感じる人が増え、世界中に反戦運動が広がりました。ジョン・レノンは「イマジン」を歌い、沖縄戦を通して戦争の悲しさを伝える「さとうきび畑」という歌が、流れてきました。いずれも、ベトナムを意識した、平和への祈りがこめられた歌でした。音楽だけでなく、映画、演劇、文学、美術……、あらゆるアーティストたちが、反戦のメッセージを伝えようとしていました。

僕も反戦デモに参加していましたが、母は画家として何ができるかを考えていました。有楽町の数寄屋《すきや》橋で行われていたベトナム反戦野外展に大きな作品を出品したり、新宿で行われたグループ展にベトナムの子どもを描いた作品を出品したりしていました。僕は芸大に入ってからは母と芸術論を語り合ったり、母の作品について生意気な意見を言ったりしていたのですが、自分が何をしたらいいかということについてはまったく見えていなかった。僕は母の作品を会場に持って行き、展示する手伝いなどをしていました。グループ展に出品した母の作品を見た編集者が、この作品でベトナムの絵本をつくれないかと言ってきた。母は承諾の返事をしました。通常、絵本をつくるときはプロットをつくり、どんな場面を描くかを決めるのですが、この時の母はひたすら戦火のなかの子どものイメージで一点一点独立した作品を描き続けました。作品が二十～三十点ほどできたころでしょうか、母は僕にこの作品で絵本の構成を考えてみないかと言ったのです。僕がプロットをつくってからディスカッションを繰り返し、新しい作品を何点も描き加えたりして、入稿するまでに半年ほどかかりました。このころ、母は体調を崩しがちで、入退院をくりかえしていましたが、この半年は僕の人生のなかでもっとも母と濃密な関係を持った時期で、絵本づくりから、母のものの考え方までたくさんのことを学びました。

『戦火のなかの子どもたち』には、子どもの絵がたくさん描かれています。そのなかに、「たたずむ少年」という絵があります。この絵には、母が描いては消し、描いては消した鉛筆の跡が無数にのこっています。当時、母は画家として円熟していた時期で、本来なら、一発で完全な線を描けるだけの技巧をもっていました。それなのに、母はあの絵をくりかえし描き直している。そのことを、僕はずっと不思議に思っていました。

あるとき、「さとうきび畑」を作詞作曲した寺島尚彦《てらしまなおひこ》さんとお話しする機会がありました。「さとうきび畑」のなかでは、ざわわ、ざわわ、という印象的なフレーズが六十六回くりかえされます。そのひとつひとつの「ざわわ」に、戦争のなかで沖縄の方々が経験した、筆舌に尽くしがたい悲しみや苦しみや、さまざまな想いがこめられています。

寺島さんは、沖縄のさとうきび畑を見ながら、太平洋戦争のときに沖縄で亡くなった、たくさんの方々の想いを、歌にしたいと思った。でも、どうやってつくったらいいのか、どうしてもわからなかったそうです。ざわわ、ざわわ、というフレーズが出てくるまでに一年以上かかった、とおっしゃっていました。

そのお話を聞いたとき、僕は「たたずむ少年」を描いたときの母の想いに触れたような気がしました。『戦火のなかの子どもたち』は、ベトナムの子どもをテーマに描いたものです。しかし母がイメージしたのは、東京の空襲のときに、自分が実際に目にした子どもたちの姿でした。その中に「たたずむ少年」もいたのでしょう。

母は東京中野で空襲に遭いました。家を焼かれ、熱風を受け、神田川の川べりで頭から水をかぶって一夜を明かしました。翌朝、焼け野原になった町のなかで何人もの子どもを見たはずです。絵本の中には「もうずっとむかしのことといえるかしら　東京のくうしゅうがあけたあさ　親をさがしていた　小さな姉弟《きょうだい》のおもいで」という言葉とともに描かれた作品もあります。近所でやはり空襲にあった、当時中学生だった詩人の谷川俊太郎さんは、空襲の翌朝、黒焦げになったたくさんの死体を見た、と語っていました。

母は「たたずむ少年」を描きながら、戦争中に命を落としたり、親を亡くしたり、家を焼かれたりした、無数の子どもたちのことを想っていたのではないでしょうか。

母はあとがきのなかで「戦場にいかなくても戦火のなかでこどもたちがどうしているのか、どうなってしまうのかよくわかるのです」と書いています。

僕はおそらく、母といっしょに『戦火のなかの子どもたち』をつくらなかったら、ちひろ美術館をつくることはなかった。

本づくりを一緒におこなうなかで、母がどんな気持ちで絵を描いているのか、僕はようやく理解することができたのです。『戦火のなかの子どもたち』が完成した時、つぎはどんな絵本をつくろうかと話し合っていたのですが、それから、一年もしないうちに、母は肝臓がんで亡くなってしまいました。

母の想いをどうやって伝えたらいいのだろう、と思ったときに、美術館をつくろうという発想が浮かんできました。いわさきちひろが残した一枚一枚の絵の向こう側にある、ちひろのこころを感じてほしい。ちひろの人生を知ってほしい。母がもっとも興味をもって制作していた絵本の美術的価値も認めてもらいたい。僕が、美術館をつくったきっかけには、そんな気持ちがありました。

窪島：いわさきちひろの御曹司である猛さんが、母の想いを受け継いで美術館をはじめた。とても、すばらしい物語だと思います。だけど僕は正直なところ、そういう血のつながりという物語には、どうも否定的なのです。

たとえば、このエディターズミュージアムにしても、小宮山量平先生の娘さんのきぬ枝さんが父の想いを伝えたいと言う。あえて言いますが、そういうことを聞くと、僕はなんだかぞっとしちゃう（笑）。

しかし、今日のテーマにもなっている量平先生の《私の大学》は、だれかが引き継ぐべきすばらしい構想です。というより、精神です。だから、ほんとうは、第三者がやってくれると一番いいんですね。血縁関係でやってしまうと、なんだか情念でやっているような感じがしてしまうから。

松本：ちひろ美術館をはじめたのが一九七七年。僕は二十六歳でした。

もちろん、「想い」を引き継ぐだけで美術館をつくることはできません。小さな建物でしたが、それをつくったら母の残した財産はほとんどなくなっていた。運営資金はちひろの著作権収入が頼りでしたが、寄付も集めようということになりました。お金も必要でしたが、心を集めたいと思ったのです。

子どもが少しずつ貯めた一円玉をたくさん送ってきてくれたこともありました。そういうことを知って、記者が取材にくることもあった。記者というのは、どういう記事にしようかと、あらかじめイメージをもっています。つまり、「遺児が母のために、すべての私財をつぎ込んで、必死になって寄付金を集めてがんばっている」という美談です。僕は、経営者としては、けっこうしたたかなところもありまして、これには「乗るべきだ」って思ったんです。美術館を運営し、つぶさないためには、なんでも利用するしかないと考えた。そう思って、親孝行の息子を演じた面もありました。血縁だからできることがあると思います。

ところが、美術館が軌道に乗りだして、だんだん活動の幅が広がってくると、ほんとうはいつまでもちひろの息子でいたくないって気持ちも出てくる。こんどは周りからも、「おまえ、いつまで、母親の遺産で食っていくつもり?」なんて、いじわるなことを言われたりもしました。

でも、そういう息子の立場から、なかなか逃れることはできない。これが血縁の難しいところでもあります。

窪島:松本さんが、お母さんといっしょに本をつくり、そして、お母さんの美術館をつくった話をお聞きしていると、ほんとうに仲のいい母子だなあと感心します。

僕の場合、父・水上勉とは、そういう濃密な関係ではなかった。長いあいだ別々に生きてきたからでもあるけれど、三十過ぎて出会ってからは、それなりに愛情も示してもらいました。それでも、なぜか敵対心もある。

これは、母と息子の関係と、父と息子の関係という違いもあるかも知れませんね。父と息子のあいだには、どこかひねくれた、自我のぶつかり合いがあるものです。

余談ですが、僕が飲み屋をやっていたころ、ときどき文学者や編集者がやってきて、酔っぱらって好き勝手なことを言っていました。あるとき、フランス文学者の出《で》口裕弘《ぐちゆうこう》先生と一緒にいらした、中央公論社校閲部の西紋《にしもん》さんが、カウンターに座って、僕のほんとうの父親は誰だろうって、名前をあげはじめた。トップにあがったのが、なんと檀一雄《だんかずお》。これ、ちょっと嬉しかった。だって、檀ふみのお兄さんになれるんですから（笑）。なぜか二番目が、吉川英治。這い上がり派という感じでしょうか。そして、三番目が、水上勉でした。

だから、真相が明かされたとき、西紋さんたちは、椅子から転げ落ちるほど驚いたそうですよ。

このころの僕は文学かぶれでもありまして、一翠社《いっすいしゃ》という小さな出版社で五百部だけ詩集をつくったりしていました。『背《そむ》ける風土』（一九六七年）というタイトルで、僕にとっては記念すべき処女出版です。

水上さんにはじめてお会いした日、帰り際にその詩集を手渡しました。水上さんは、「血は争えないね」なんて、嬉しそうな顔をして受け取ってくれて、玄関の下駄箱の上に、その本を置きました。

それから三ヵ月くらいして、もういちど水上さんを訪ねたことがあったんですが、そのとき玄関を入ったら、下駄箱のまったく同じ位置に『背ける風土』は置かれていた。ぜんぜん読んでもらえなかったな（笑）。

〈第二部〉　ふるさとの匂い

信濃デッサン館

窪島：僕が信濃デッサン館をはじめてから、小宮山量平さんがときどきふらりと訪ねてきてくださるようになった。僕のほうも、ときどき先生の生家である鰻屋さんに食事にいくようになりました。それから交流がはじまったのですが、僕が無言館をはじめることになってからは、準備段階でも、開館にあたっても、ほんとうにたくさんの励ましをいただきました。

そんななかで少しずつ、小宮山さんの《私の大学》構想をお聞きする機会にめぐまれました。小宮山さんがずっとあたためてきた構想は、だれかが引き継がなければいけないことだけは確かです。

松本：小宮山さんは、「週刊上田」という地元紙に「ふるさとの匂い」というタイトルでエッセイを連載されていました。そこには、北海道で終戦をむかえ、ふるさと上田の地へ帰りついたときの哀感が、杜甫《とほ》の詩「国破れて山河あり」を引用しながら綴られています。

いわさきちひろは、父方の実家がある梓川村《あずさがわ》で終戦をむかえ、その翌日から、久しぶりに絵を描きはじめるのですが、そのときに、やはり同じ言葉を使っている。「国破れて……」は、ふるさとへの想いなのです。

ちひろは福井に生まれ東京で育ったのにもかかわらず、ずっと自分は信州人だと言いつづけていました。そう考えると、ふるさとって何なのでしょう?

話は少し飛びますが、二〇一四年五月、福井地裁が関西電力に大飯《おおい》原発三・四号機の運転差し止めを命じる判決を出しました。

そこで「経済の自由はたしかに憲法で保証されているが、それよりはるかに大切なものとして、生存権が上位にある。だから、経済の問題と、生存の問題を同列で話をしてはいけない。人命よりも経済活動を優先していいなんて、とんでもないことだ」という主旨のことが語られている。これは、とても大切なことを言っていると思いました。

僕は東日本大震災のすぐ後に、『ふくしまからきた子』（二〇一二年、岩崎書店刊）という絵本を絵描きになった娘といっしょにつくりました。この（二〇一五年）三月に、その続編『ふくしまからきた子　そつぎょう』を出したところです。

一冊目はとにかく、原発事故とは何なのかを伝えようと、放射線量の高い福島県の東北部の村から広島へ母子避難した少女を主人公にしました。原発の問題点を子どもたちが考えるきっかけになればと思ってつくった本でした。それからも福島へ通いつづけるうちに、僕なんかよりよほどたくさんの情報や深い知識をもちながら、福島に留まって子育てをしている人たちにも会いました。

二冊目の絵本は、福島に残ってたくましく生きている子どもたちの姿を描きたかった。そのなかで故郷とは何なのだろう、豊かさとは何なのだろう、自然とともに生きるにはどうしたらいいのだろう、という問いかけをしたつもりです。帰還困難地域は別としても、いま人々が住んでいる地域では子どもたちは十分安全に暮らせるようになっています。

福島を語るときに僕たちが注意しなければならないことは、「福島」と一言で括ることの怖さです。相馬などの海岸線では放射線の問題よりも津波の被害のほうがはるかに大きな問題です。会津地方などは放射線の影響はありません。原発事故が起こった周辺の高線量地域と福島市や郡山市や伊達市などの中通り地域の状況もまったくちがいます。

今度の本は伊達市の田舎を舞台にしています。実際に避難した子どもも、戻ってきた子どももいます。状況はそんなに簡単ではありませんが、子どもたちが安全に生活できる環境を整えています。祭りを再開したり、芋煮会をやったり、少しずつかつての生活を取り戻しつつあります。しかし、まったく昔のままの美しい山野があるのに、まだ子どもたちはそこでは遊べません。ふるさとというのは、自然だけではなく、長い時間をかけてその地で育まれた文化も含めて存在している。『ふくしまからきた子　そつぎょう』はぎりぎりのラインで復活しつつある地域を舞台にしましたが、それが不可能なところもある。原発事故で故郷を奪われた人々もたくさんいます。

僕なんか、原発が動かなかったこの四年間で日本は何が困ったんだと言いたいですが、それでも全国的に見ると、何よりも経済が優先だとする考えがある。政府はそれを根拠に原発再稼働に舵を切ったわけですが、経済優先の論理というのは、仮に百人のうち九十九人が豊かになれれば、一人はどうなってもいいじゃないか、という考え方です。これが、いまの日本を動かしている、支配的な考え方のような気がする。

となると、これに対して戦える考え方はなにか？　僕はそれが〈ふるさと〉ってキーワードじゃないかと思います。

そもそも、ふるさとってどういうものでしょう？

大都会は、ふるさとではないと思います。なぜなら、そこは消費だけの世界だから。ふるさとと呼ばれる地域は、本来は生産の場所です。そして、生産と消費がひとつの輪の中にあります。

上田も新幹線が通ってしまったので、東京からの日帰り圏に組み込まれています。これからもふるさとの文化が維持されていけるのかどうか心配です。でも、いまのところ、松本や安曇野は、まだ、ふるさとと呼べるぎりぎりのラインにあると思う。

イギリスの社会変革者、エベネザー・ハワードは、ロンドンに人が集中し過ぎて生じた遠距離通勤や高い家賃、環境悪化などの問題を考え、十九世紀の末に都市と田園の結婚を掲げた「田園都市」を提唱している。この問題は今も解決できずに、問題はさらに大きくなっているけど、僕たちはいま、どうやって、生産と消費がひとつになった〈ふるさと〉という場所を再生させるかを、真剣に考えなければいけない時代にきている。

そのためには、それぞれの地域に、経済だけではなくて、〈文化〉がなくてはいけない。その地域が文化を守っていけるかどうかが、ふるさとを守っていけるかどうかの重要なポイントになると思います。

僕たちがやっている、美術館という文化活動も、いわば、ふるさとを再生するという大きな試みのなかに位置づけて考えていくべきではないでしょうか。

窪島：その点については、僕も、まったく異論はないのだけれど、ここで松本さんがおっしゃる〈文化〉っていうのは、具体的にどういうものですか？

たとえば、美術館のようなものですか？

松本：美術館ももちろんですが、出版も、音楽も、芝居も、そうだと思います。たとえば、安曇野の人たちは、芝居を見るために東京に行くとすると、片道五時間くらいかかる。そうすると、わざわざ出かけて行くよりも、松本には市民芸術館があるので、そこに良い芝居をもってくるほうがいい。そこに生活している人たちが、利用しやすい劇場や美術館をつくれば、その地域の中で完結できる。

美術館でいえば、東京に行けばたしかにいろいろな展覧会を見られる。でも、東京でおこなわれていたとしても、看板になるような絵を二〜三点もってきて、あとは内容の薄い、いい加減な展覧会もけっこう多いのです。それだったら、安曇野まで来て、ちひろ美術館を丸一日かけてゆっくり見たほうが、よほど価値があるって言いたいです。

つまり、そこでなければ体験できないものをつくることも大切です。それが地域の文化であり、ふるさとの再生につながっていくんじゃないかと思います。

窪島：僕は、その考えに少しひっかかるんですが、文化っていうのは、施設ではないような気がします。

じつは僕は、上田での美術館の仕事の他に、東京でキッド・アイラック・アート・ホールという芝居小屋を運営していて、なんと今年で五十年。僕にとっては、いちばん古くからの仕事です。

去年、加賀乙彦《かがおとひこ》さんをお呼びして、ある死刑囚が処刑の朝まで恋人に宛てた手紙を朗読するという、ホールの小さな空間をつかったイベントがあった。

そこに、あの俳優の堺雅人《さかいまさと》さんが現れて、僕に近づいてきた。そして「よろしくお願いします」って言う。何のことかと思ったら、彼はこんど『真田丸』というNHK大河ドラマ（二〇一六年一月より放送予定）の主役として、上田で撮影の仕事をすることになったそうですね。それで、「上田といえば、無言館があるんですよね。楽しみです」って言うわけです。

そのとき、僕はふと気がついた。堺雅人さんの感覚のなかでは、上田という場所が、そこにいる窪島や、そこにある無言館とむすびついて、ごく自然に「よろしくお願いします」って言葉が出てくる。

このたび上田市では、千曲川沿いに何十億もの税金をつかって、文化芸術センターという大きな建物ができました。僕も、開館記念シンポジウムに出させていただいたので「よろしくお願いします」（笑）と言いたいところなのですが、あの施設そのものが文化かっていうと、そうではないと思います。

たとえば、上田の駅前で「ここらへんに美術館ありますかね？」って尋ねたら、そこに腰の曲がったおばあちゃんがいて、「わしゃね、あそこにある、山本なんたらっていう、あの絵が好きなんじゃよ」って、千曲川沿いの美術館を、しわだらけの手で指差してくれる。僕に言わせれば、そのおばあちゃんの「しわだらけの手」が文化なんです。

そういう、長年その土地で暮らしてきた人とむすびついた文化を、その地域がいかに蓄えられるか。その蓄える力が必要なんだ。

松本さんが安曇野に住みついていること、窪島が上田に住みついていること、その住みついているっていうことこそが文化なんだって、僕はそう思います。

松本：まさにそうですね。文化は建物じゃあないですよね。

つい最近も、美術館関係の方と話をしていて「公立の美術館の学芸員の多くは、地元や自分が働いている館への愛情が足りない」という話題になった。毎年、優秀な学芸員資格をもった学生がたくさん卒業する。でも、学芸員のポストは限られている。だから、どんな地方の美術館でも募集があれば、まずは学芸員としてのキャリアをつむためにそこに入る。そして、ちょっとでも良い条件のところを探して、キャリアアップを狙って転々としていく。大学の先生の口があればそちらへ行く人も多い。そういう人のなかから、学問的にはすぐれた研究者が生まれるかもしれないけれど、地域の文化をつくっていく人は、生まれてこない。

窪島：とにかくモノではダメ。たとえ、何十億の金をかけて、ルーブルのような美術館をつくったって、そこに住んでいるヒトの蓄えがなければダメです。

僕は、小宮山量平さんが残してくれた《私の大学》構想のいちばん大切なところって、そこだと思うんですね。文化を担っていくべき、その地域に根ざした人間を養っていく場所。それが《私の大学》なんです。

僕たちは、その発想にもういちど立ち返らなくてはいけない。

ゴッホやピカソや東山魁夷《かいい》や平山郁夫を、いくら並べたって、そのことがすごいわけじゃない。その絵のまえで「すばらしいなあ」って、立ちすくむ人間がどれだけいるか、そこが肝心。この、立ちすくむ力ってものは、お金を積むだけではつくり出せない。

松本：知識量が多いことを文化だと錯覚している人もいますね。絵も、画家も、すべて知り尽くしているような優秀な学芸員もいますが、その人に「ほんとうは何が好きなの？」って聞いても、口ごもってしまうことがある。

それよりも、塩田平に住んでいて、信濃デッサン館しか行ったことがない、村山槐多と関根正二しか知らないって人がいるかもしれない。それでも、ほんとうにその絵に惚れ込んでいるのだとしたら、それでいいですよね。

窪島：信濃デッサン館を開館して三十六年にもなるわけですが、少しずつ蓄えられていくものがある。たとえば、うちではじめて美術の面白さを知ったという人が、ほかの地方に行って美術館の仕事をしているなんてケースも、だんだん出てくる。三十六年のあいだに、そういう人たちがごく自然に産み落とされているとも言えます。

それと、僕がひとつ上田に感謝したいことは、信濃デッサン館を、観光のスポットに入れてくれなかったこと。だって、看板が出ていない。無言館のほうは多少出ているけど、信濃デッサン館はまったく出ていない。テレビの日曜美術館ではときどき紹介されている美術館なのに、案外だれも、上田に存在していることを知らない。上田の人ですら、わかってない。でも、これはじつは、良かったことなんです。

観光の中に入ったら、アウト。だって、価値が数値ではかられるようになってしまうから。無言館は、いま年間五万人くらい来館者がいる。いまどきの小さな美術館としては、これでも成績が良いほうです。でも、かつては十万人来ていたことからすれば、あきらかに減っている。時代とともに、戦争への想いも風化して、やがて二万に減り、一万に減っていくかもしれない。そうしたら、美術館として価値がなくなるんでしょうか？　そうじゃないでしょう。我々のやっている美術館っていう仕事は、数値で表されるものじゃない。観光といっしょにされたら、えらい迷惑です。

観光で人を集めることと、文化を伝えることとは、まったく逆です。たとえ人が愛《め》でなくても、花は花。名も知らない花だけど、いい花ですねって、そういう仕事をしてゆきたい。

松本：そのことにまったく異論はないのですが、僕はもう少し現実的です。理想は持ちつつも、一方で、美術館の経営者は、そこで働いている人たちに給料を払う責任がある。それを考えると、観光という考えを切り捨てるわけにはいかない。来館者が減ってしまうと、やりくりが大変じゃありませんか？

窪島：僕は、最初から大変なのはわかっていた。けれども、うちの美術館では、一度も給料の遅配はない。

もちろん入場料や寄付だけで、やっていけるわけがない。とにかく自分の持ち物で、なんとか金をつくって、やりくりしている。トカゲの切り売りです。年末になって数百万足りないってことになったら、自分の含み財産で、なんとか補填するわけです。

いま、無言館にしても、建物のあちこちが傷んできているんです。修理したら何百万円もかかると言われて、しょうがないから、自分の虎の子の絵をオークションに出して、お金をつくることにした。

僕は、かつて飲み屋をチェーンで四～五軒やっていたから、女房によく言われるんですよ。「あなたは、美術館をやらないで、あのまま飲み屋をやっていたら、いまごろ和民くらいになれたのにね」って（笑）。

美術館やって、どんどん借財がふえていく。それを払いつづけていかなきゃならないから、けっきょく引退できない。
とてもじゃないけど、美術館で食えるものではない。うちで働いている人たちは、気の毒といえば、気の毒。でも最低限のお給料で、身を粉にして働いてくれています。

松本：美術館は食っていかなければならない。だから、観光と手を結ばなければならないこともある。観光をそれほど目の敵にすることもないでしょう。僕だって観光客としていろいろな美術館を訪ねることもありますよ。大切なのは、「文化の価値は、数値ではかれない」ってことを、どれだけ多くの人が認識できるかだと思います。
瀬戸内寂聴さんとお話ししたとき、「戦後いちばんまずい変化は、すべての価値をお金に換算するようになったことだ」とおっしゃっていました。そのとおりだと思います。戦前までは、武士は食わねど……とか、職人たちの気概のようなものに価値を見いだす、そういう風潮も残っていた。しかし戦後の混乱の中で、あらゆるものをお金ではかるようになった。これは、いくらだから良いものだ、これは、いくらだから悪いって考え方が出てきた。そこでは〈文化〉が消えてしまうんです。

窪島：人間って、銭もって死んでいけるわけではない。枕元でぬくいおしぼりしぼって看病してくれるたったひとりの人がいれば、「ああいい人生だったなあ」と思って死んでいける。そんな当たり前のことを、青臭いって言われるから、おかしい。こんな美しいことがタテマエとして駆逐されている世の中ってないですよね。

「本音では、やっぱりお金ほしいんでしょ」っていうやつが、拍手喝采をうけてそれだけで終わってしまう。

松本：二〇一四年の石原伸晃環境相（当時）のことですね。福島の除染で出た汚染土などの中間貯蔵庫の建設問題で、「最後は、金目でしょ」と口を滑らせましたね。ああいう言葉が口をついて出るのは、それが本人の価値観だからなんでしょう。

窪島：ただし、僕たちは少し高邁《こうまい》な議論をしているかもしれないという注意も必要です。

僕は、ときどき飲み屋でお金を使うし、月に一度くらいは「鰻は高いなあ」なんていいながらも、鰻屋さんで食事することもできる。いまどき、いちばん安い鰻重でも二千円ですよ（笑）。

そんな僕よりも、もっと身を削るような思いで、百円、二百円ってお金を工面して生活している方もおられる。そういう方たちに向かって、頭ごなしに、「人間、お金ではないよ」っていうのは、傲慢《ごうまん》です。

僕ら文化の仕事にかかわっている人間は、そういう百円、二百円のぎりぎりの暮らしをしている方たちがいるってことを頭においたうえで、それでも「文化は、お金に換算できない」という考え方を、どうしても見失ってはいけないということ。

「金目大臣」には、そういう人たちへの、いたわりがない。東京の高級住宅街に暮らしていると、きっと、わからないだろうな。

松本：僕は、いま安曇野に住んでいます。安曇野のくらしの良いところは、ときどき、山菜やきのこが玄関先においてある。これは嬉しい。近くの方がたくさん採れたからって、おすそ分けをしてくれるんです。二〜三百メートルはなれたお隣さんのお宅では家庭菜園をやっていて、勝手に採っていいよ、って言ってくれたりします。一応、ちゃんと断ってからもらいますけれど（笑）。苗や種を持っていって、食べたい野菜を育ててもらうこともあります。わが家は林の中なので、シイタケやナメコを少しばかりつくっているので、ちょっと楽しい交流が生まれてくるんです。

窪島：あら、うらやましい。それは、松本さんの人格ですね。僕はどうも優しく迎え入れられないところがあるみたいで、信濃デッサン館の奥に住んでいたときには、玄関前に山菜どころか、出刃包丁が置かれました（笑）。

無言館の慰霊碑にペンキがかけられた事件があったころ（二〇〇五年）です。「殺してやる」ってメッセージがついていて。僕は気が弱いから震え上がってしまって、こんなところにいちゃいけないって、あわてて上田駅前のホテル裏に引っ越してきましたよ。

松本：僕のように、ほんとうの貧しさを経験したことのない人間に、豊かさについて語る資格があるのかどうか、わかりません。

ただ、安曇野のくらしの中で、感じることがある。目のまえにアルプスが見え、庭や近くで山菜やきのこを採ることができ、農家から新鮮な野菜を分けてもらえたりする。もらうほうはもちろん嬉しいけれど、配るほうもちょっと喜びを感じているようです。そんなふうに、自然と人間のつながりがある。これは、とても豊かなことだと感じます。

僕がさきほど言いたかったのは、この豊かさを、福島の放射線を浴びた地域はうばわれたということです。森林の除染は手つかずですから、山の恵を楽しむことができるようになるのはだいぶ先のことでしょう。

山菜は山に入ればタダで採れた。それは、経済的な豊かさとはちがう、自然のなかにある豊かさです。その豊かさが、あの原発の事故のために、なくなってしまった。

窪島：そんなふうに福島の人たちの気持ちが理解できるようになったのは、松本さんが、東京ではなくて、安曇野に暮らしたからですね。

僕にしても、上田に住んだから、わかったことがたくさんある。信濃デッサン館を開館した頃の信州の冬は、布団の縁が凍ってしまうほど寒かった。そんな朝に、樽に漬けられた野沢菜がとどいて、氷をやぶって食べたとき、ああ美味しいなあって実感した。

だいたい、田舎に住んでいれば、そんなにお金なんてかからない。デートするにしても、千曲川でトンボ見ているだけで、充分ロマンティックです。

松本さんも僕も、そういうお金に換算できない豊かさを知っている。

ただ、そこまでいっても、みんなは、都会に出て行きますね。僕の女房は、いまでも上田に越してくるのは絶対イヤと言っています。ま、もう四十年以上も別居しているわけですから、仕方ないことかもしれませんね。僕自身だって正直なところ、どこかで都会とのつながりを、精神的に断ち切ることができないでいるんですから。

松本：たしかに、都会には刺激があるし、自由さもある。給料も高いし、生活は便利。そして、〈ふるさと〉とはまた別のさまざまな文化がある。だから、捨てがたい魅力がある。

都会の文化は、都会の文化として否定することもないでしょう。ただ、僕が思うのは、都会の文化をコピーして、わざわざ田舎に引っ張ってこなくてもいいということです。

窪島：上田は新しい文化芸術センターをつくったけれど、全国いろいろなところを回っていると、他では美術館をどんどん壊している。少数派ですね、時代に逆行するように、新しく大きなものをつくったのは。

最初は予算がつくかもしれない。でも、それからあの施設を維持していくためには、相当なランニングコストがかかって、そこに我々の血税が使われていく。いろいろ批判が出てくることは予想できる。

だからといって、そういう批判を、数値で押し返すような馬鹿なことはしないほうがいい。そうすると、「去年はあんなに来館者があったのに、今年はずいぶん減ったから、来年から予算を削ろう」なんて、つまらない議論になってしまう。

そうじゃないでしょう。上田で生まれ育った人にとって、「ああ、子どものころに、千曲川沿いの文化芸術センターに行って、そこで、こんな絵を見た、彫刻を見た、音楽を聴いた、芝居を楽しんだ……」と、思い出がいつまでも心に居着くような、そういう空間にしていくべきです。そういう場所をつくるために、どんどんお金を投入するなら、我々住民だってよろこんで税金を払う気になると思います。

松本：都会の文化と、田舎の文化って、何がちがうのかを考えてみたい。ひとことで言えば、都会の文化は、多様なもの。どこに持って行っても通用する傾向がある。田舎の文化は、固有のものだと思います。つまり、田舎の文化は、そこだけにしかないものです。

その土地に暮らしてきた人が、何世代にもわたって、築き上げてきたもの。それが、工芸品であったり、衣類であったり、食べ物であったり、伝統芸能であったりするわけです。それ自体が、豊かな文化だったはずです。

窪島：かつて信濃デッサン館の裏に、巨峰園があって、こーちゃんというぶどうづくりの名手がいました。僕は毎年、その巨峰を、大岡昇平先生や片岡球子《たまこ》先生、日頃お世話になっている方々に贈っていた。みなさん美味しいって褒めてくれる。ちょっと贈るのが遅れると、「今年は実らないの？」なんて電話してくる人もいらっしゃる（笑）。

恥ずかしいけれど僕は、ぶどうは秋にできるから、秋につくるものだとばかり思っていた。実際は前年の冬から風雪に耐え、一年間かけて丹精こめてできあがるんですね。

それを知ると、都会から観光バスで来たおばさんたちが、巨峰園のまえで値切って買ってゆく姿をみて、なんだか僕まで悔しくなりました。

こーちゃんは、十年前に「もう木が限界になった」と言って、ぶどうづくりを止めてしまいましたが。

そんな彼らのつくる文化を、なんとか支えていけるだけの最低限の保障を、社会が用意していくことは必要でしょうね。

松本：僕の場合は、りんご園です。僕も正直なところ、安曇野に住むまで、りんごがどのようにつくられるのか、知りませんでした。

農作物は、畑の土づくりからはじまって、一年かけてできあがってくるんですね。そのことを伝えたくて、僕は『りんご畑の12か月』（二〇一二年、講談社刊）という絵本をつくりました。りんごが、どのような人たちの、喜びや悲しみや努力のなかでつくられているのかを、都会に住んでいる人たちは知らないからです。

僕はこれから日本が変わっていくとすれば、中央から変わることは、まずないだろうと思います。地方で、生命の営みを肌で感じながら暮らしている、そういう人たちのなかから新しい文化が生まれて、それが日本を変えていく力になるだろうと思います。

窪島：さすが、松本さんは知事になるべき人ですね（笑）。

ともかく僕も「ふるさとが、これからの時代のキーワードになる」という、さきほどの松本さんの言葉には全面的に賛成です。

これは僕の持論ですが、「つくる」ことと「生まれる」ことは、ちがうのだと思います。何世代にもわたる積み重ねのなかで「生まれる」こと、止むに止まれぬ衝動から「生まれる」こと。本来、文化っていうのは、そういう自然発生的なものだったと思う。建設会社が建物を「つくる」、あるいは、試験管で生命を「つくる」ということとは、本質的にちがうものです。

でも、日本人はどこかで、そのことがわからなくなってしまった。僕自身がそうであったように、高度経済成長のまっただ中にいた日本人は、それまでの歴史をすっかり失う記憶障害に陥ってしまった。

僕の場合は、村山槐多はじめ、大好きな早世画家たちが僕を刺激して、記憶障害から覚醒させてくれたから、まだ良かった。あのまま都会を〈うきぶくろ〉のように漂いながら、一生を記憶障害のまま終えていたかもしれない。

松本：いま、都会が「数値がすべて」という価値観に染まっちゃっているのだとしたら、そこからいちどふるさとに帰って、「数値がすべてではない」という別の座標軸にたって考えてみる。そこから、やり直してみることが必要なのでしょうね。しかし、地方の自治体も数値でほとんどのことを判断しているからそう簡単ではない。

窪島：そのことは、小宮山量平さんもよく、《私の大学》構想を語られるときに、「回帰」って言葉で表現されていた。「回帰」すなわち「原点に戻る」こと。まさに、ふるさとという原点に戻ってみること、それがいま必要なんだ。日本は回帰の時代を迎えているんです。とすれば、その先導師の役割となるのが、僕たちがやっている仕事なんだろうと思います。

松本：安曇野ちひろ美術館は、北安曇郡松川村にあります。松川村は、人口約一万人、一村＝一中学＝一小学校です。

中学生になると、六〇～七〇％の生徒が自主的にちひろ美術館のボランティア活動をします。二〇〇二年からつづいていて、いつしか伝統行事のようになっています。どんなことをするかと言えば、中学生たちが、ちひろの絵の滲《にじ》みの技術を覚えて、それを来館者に教えるワークショップをしたり、絵本の読み聞かせをしたり、館内ツアーの案内役をしたりしている。そうすると、子どもたちにはしだいに、ここは自分の美術館だっていう意識が生まれてくるようです。

実際、うちの美術館がアルバイトを募集するとき、履歴書といっしょに、作文を書いてもらうのですが、応募者のなかに松川中の卒業生が交じっていると、彼らの文章だけはまったくちがう。つまり、愛情がちがうんです。仕事ができるかどうかはともかく、こういう人に働いてもらいたいなって思わせる何かがある。

そこから考えさせられるのは、土地に根付くって、どういうことなのかということです。松川村の子どもたちにとっては、ちひろ美術館は、名前さえ言えば自由に出入りできる場所です。美術館に来て、絵なんて見ないで、公園で虫を捕っていたかもしれない。それでもいい。ここはおれたちの遊び場だった、という記憶が残ればいい。

絵本作家の安野光雅《あんのみつまさ》さんは「ふるさととは、土地そのものではなく人それぞれの子ども時代のことだと思う」と言っています。

たしかに、そうだなと思います。たとえば、川で石ころを持ち上げたら、魚がぱっと逃げたり、ザリガニがいたり……、というような子ども時代の記憶。自然だけではない、美術や、音楽や、芝居や、祭り……、生まれ育ったその土地と結びついた記憶というものがある。それ自体が、その人にとっての〈ふるさと〉じゃないでしょうか。

ところが、いまの社会はいろいろな面で、土地と人のむすびつきが弱くなっています。学校の先生にしてみても、どんどん変わっている。松川村のようなところでも、そこに住んでいる先生は少なくて、松本あたりから通勤している人もいます。
一昔前なら、先生たちもその土地に住んで、子どもたちとおなじ文化を体験していた。「あの先生の家に遊びに行こう」なんていう、先生と子どもたちとの交流もあった。先生たちの、その土地固有の文化に触れる機会が少なくなると、子どもたちのなかでも、地域の文化との距離ができてしまうように思います。残念だけど、ふるさとと結びついた文化というものが生まれにくくなっている。

窪島：ふるさとって、場所ではなくて、時間です。ふるさとという時間。
僕が、美術の世界に入ってきたのは、村山槐多の画集を手にとった、十八歳のときです。当時、飲み屋のチェーン店のひとつが鵠沼《くげぬま》海岸のほうにあって、集金のついでに鎌倉にあった近代美術館（通称、カマキン）によく通っていた。そこで、村山槐多をはじめ、関根正二、松本竣介《しゅんすけ》、野田英夫、……、僕がこれまで興味をもってきたすべての画家を知った。そして、ああ美術っていいなあ、美術っておもしろいなあ、美術にかかわることがしたいなあ……って、はじめて思ったんです。

それから、東京都美術館（通称、トビカン）にもよく行きましたね。思い出すのは、地下にあった大きな食堂です。カレーライス三五〇円と書かれたガラスのむこうには、落選した彫刻家の作品が捨ててある。それがまたいいんです。飾ってあるのより、いい。

そのころ、芸術というお母さんの身体のなかに、僕が身ごもったような感覚があった。僕にとって、ふるさとという時間は、カマキンやトビカン、あそこにあったなあと思います。

そのあとで、上田がもうひとつのふるさとになるわけです。

でも、上田は惜しいなあ。たくさんの文化財産が眠っているすばらしい場所なのに、そういうところが、どんどん消えていく。昭和五十二年に僕が上田に来た頃はまだあった、山本鼎《かなえ》の農民美術研究所、お父さんの一郎さんがやっていた病院、横町にあったタカクラテルの自由大学、……そういう〈ふるさと〉を感じられるものが、ぜんぶ壊された。なんていう町だろうって思います。山本鼎にしても、石井鶴三《つるぞう》にしても、もともとは上田の生まれではないけれど、彼らの作品と思想を理解して、それを支えた地元の人たちがいた。山越脩蔵や金井正というすぐれたインテリがいた。そのころの上田には、いわば「おばあちゃんのしわだらけの手」のようなものが、たくさんあった。それが上田の〈文化〉だったはずです。

僕は二〇一四年の夏、信濃デッサン館三十五周年記念のお祝いをしたのですが、けっして長年やってきたことを自慢したいわけではありませんでした。デッサン館の船出のときに、いろいろ手を貸してくださった地元の方々に、せめて「ありがとうございました」と言える時間をもちたいと思ったんです。僕もいま七十歳をこえて、四十周年までは自分がもたないんじゃないか（笑）、なんていう不安もあって。

松本：そうですか、窪島さんのふるさとは都美館（トビカン）ですか。窪島さんと僕は十歳違いだから、都美館ですれ違っていたかもしれませんね。僕はよく母に連れられて上野に行っていましたから。あそこの食堂のソフトクリームと高い天井で回っていた大きな羽の扇風機は懐かしいですね。もっとも僕は、その後に行く動物園だけが目当てでしたが。

窪島さんは、やっぱり、上田や塩田平に根を張っているんですね。それにいろいろなところに港があって、どこへ行っても支えてくれる人がたくさんいて、うらやましい。

窪島：いや、僕のほうは玄関先に包丁が置かれるわけで、松本さんのように山菜が置かれるわけじゃないよ（笑）。松本さんのほうが僕より、ずっと土地とのつながりを意識的に大事にされてきたように思いますよ。

もっとも僕には、特有のみなしご気質のようなものがあるから、そのぶん人になつく方法だけは心得ている。でも、自我が強くて、ひねくれてもいる。ものごとを素直に受け止められなくて、疑り深い。松本さんのように、ごく自然にその土地のなかに入っていけない。その点、松本さんには敬意を表します。

松本：僕はいじられながらも、つい窪島さんのそばに行きたがる。窪島さんは、特殊な磁力をもっている。それは、窪島さんの人柄によるところが大きい気がします。

僕は、世界をまわりながら、絵本画家の絵を集めてきました。そこで出会う絵描きたちは、イラストレーターが大半ですから、画壇《がだん》的に評価されて絵が売れている人は少ない。日本でも世界でも、絵本だけで食っていくのは、難しい。でも、「最初から、儲けようなんて考えていない」というところで潔く仕事をしている人は、概して人柄がいいんです。

窪島：それは、どうでしょうかね。お金がある人より、お金がない人のほうが、ずるいですよ。僕とおなじで、何かきっかけがあれば、儲けたいと思っているでしょうから。

松本：ハハハ、どうでしょう、必ずしもそうとばかりは言えない。したたかなお金持ちの経済人はたくさんいますよ。窪島さんは才覚があったから飲み屋で成功して、たくさんの絵を買って美術館や劇場をつくれたんじゃないですか？　僕だって、どういう本やグッズをつくれば儲かるかって必死で考えましたよ。

それはともかく、あざとく、ちょっと上手く見える絵を描ける人もいる。一方で、上手くはないけれど、なんかいいなあって感じる絵を描く人もいる。不思議な魅力で人を惹きつけることのできる絵がある。そういう絵を描いている画家たちは、いい人が多いんじゃないかって思います。

いま、ちひろ美術館は、アメリカ、ヨーロッパ、アジア、中南米、アフリカなど世界三十三カ国の画家の絵が集まっています。それらは、すべて〈ふるさと〉をもっている人たちです。並べて見ていると、かならずしも経済的に豊かな国が、絵のレベルが高いとはかぎらない。それぞれの画家が個性をもっていると同時に、みなどこかで、その国の文化を背負っている。僕は、安曇野ちひろ美術館で、子どもたちに、それぞれの国にはそれぞれの文化があって、魅力的な才能がその中から生まれてくる、たとえ経済的には貧しい国でも、どの国にも素晴らしい文化がある、ということを見せたかった。

窪島：僕も昨年、ドイツまで行ってきました。そこではじめて、海外の戦没画家の絵を収集してきました。第二次大戦の東方戦線で三十八歳で亡くなったシャルル・シャモーニという、カフカの詩集の挿絵などを描いている、知る人ぞ知る画家です。その息子さんが、京都で日本文化を勉強されていて、無言館のことを聞きつけて来館してくださった。それがきっかけで、無言館でシャモーニさんの絵を展示する話がまとまったんです。

しかし、僕はドイツまで行くには、松本さんのようには飛行機代が出ないなあ（笑）なんて思っていたところ、ちょうど渡りに船。関西で僕を支えてくれているご婦人方が「窪島誠一郎といっしょにパリに行こう」というツアーを企画してくれた。ならばその足で電車に乗って、ドイツのシャモーニさんの家まで足をのばそう、となったわけです。

松本：ドイツには東山魁夷の取材で何度か行きました。ローテンブルクはじめロマンティック街道沿いのいろいろな町をめぐりましたが、ほとんどの町が、戦争で壊滅的にやられている。しかし、ドイツ人はものすごいエネルギーで、町を復元しています。どこからが新しい町なのかわからないくらい、みごとな復元です。それは、古い文化へのものすごい愛着があるからなんだと思います。

日本は木の文化、ドイツは石の文化だから、感覚的な違いはあるかもしれない。日本はつぎつぎと新しい町になっていくけれど、ドイツでは古い町並みが残っている。何世代にもわたる文化の上に、いまの自分たちの文化があるという意識が強い。町並みの姿は、共有財産だということも、ごく当たり前の感覚としてある。だから、古いものを、みんなの文化として大切に残していこうとしている。ドイツのことわざに「古い建物のない街は、思い出のない人間とおなじだ」というのがあります。

窪島：まさに、上田に聞かせてあげたいことですね。古いものを、汚いものと勘違いしているんじゃないかな。

松本：それもあるけれど、経済からすると、古いものを壊して、新しいものをつくるほうがお金になる。いま日本人の意識は、そちらに向いてしまっているのかもしれない。

窪島：形の復元は、記憶の復元でもあります。過去の記憶として、文化遺産を現在に保存していく努力をしなければいけない。

ただし、僕が言いたいのは、メディアによってつくられた文化遺産ではない。ここが自分にとって大切な場所だと思える、いわば〈自分遺産〉を持てるのが、しあわせなんだと言いたいのです。

僕はいま、お金のやりくりや、原稿の締め切りに追われる毎日です。それでも、ひと月のうち何日かは、信濃デッサン館に戻って、閉館の時間になるまで館の前のいすに腰掛けて、塩田平を眺めるようにしています。そのとき「しあわせだなあ」って思うんです。あのほっこりとした形の山々、緑の木々、きらきらひかる溜池《ためいけ》。だんだん夕暮れになって、ひとりいすに腰掛けている僕が、シルエットになっていく。そのとき、「ああ、これでいいんだ」って心から思うんです。

これが僕にとっての〈自分遺産〉。

これはお金には代えられない。観光客が大勢くるような町でなくてもいい、たったひとりの男が、ふるさとを想って涙している。ふるさとって、そういうものじゃないでしょうか。

松本：ロマンティックだなぁ（笑）。

僕は幼いころに、母親のまわりにいた絵描きたちのことが記憶の原点にあります。

なにか、いい感じの人たちだった。力士の仕切りのモノマネがやたらうまかったり、庭師のようにわが家にやってきて、勝手に木や花の世話をしていったり、好きな人に自分の絵をあげちゃったり……。いま考えると、あの絵描きたちは、みんな貧乏だったけど、お金ではかれない価値観をもった人たちだった。母を含めて、あの人たちの匂いのなかで、僕は育った。だから、絵が好き、絵描きが好きっていう感覚は、子どもの時の記憶からきているのかもしれません。あの匂いが、あの記憶が、僕にとって、一つのふるさとのように思えます。

今の子どもたちに〈ふるさと〉の時間をどうやって手渡せるのか、というのが僕たち大人の課題なのかもしれませんね。

〈第三部〉

父への想い、母への想い

ちひろ美術館・東京　撮影：中川敦玲

窪島：さっきも言ったように、僕は青春時代に、鎌倉近代美術館や東京都美術館にかよっているうちに、いつのまにか美術が好きになりました。

あのころアンデパンダン展（通称、アンパン）がありました。誰でも出品すれば無審査で飾ってもらえる展覧会です。読売アンデパンダン展と日本アンデパンダン展がありましたが、たしか読売のほうが先になくなってしまった。元永定正《もとながさだまさ》、利根山光人《とねやまこうじん》、池田満寿夫《いけだますお》……、みな、そこから育っている。

アンパンが無くなってから、美術の世界がつまらなくなってしまった。僕のような何も描けないし、何の知識もないけれど、絵が好きでたまらないというような人間が入ってこられなくなった。だって好きなものに、理由なんてないじゃないですか。ある女性が好きになれば、自然に胸がきゅーんとして耳たぶが赤くなるけれど、そのときに「好きな理由を三つあげてください」なんて言われても、答えられるわけがないでしょ（笑）。

芸術ってそういうものです。

僕は論理的に整理されていくことに恐怖感をおぼえます。よく講演会で、芸術について とか、戦争についてとか、話をさせられるけれど、僕は論理的にまとめるのが苦手なものだから、いつも立ち往生してしまう。それで「僕には芸術や戦争を語る資格があるんでしょうか。すみませんが、きょうは立ち往生しに来ました」ってあいさつすると、なぜかみなさん拍手してくれる（笑）。あの拍手は、いったい何だろうか。

でも、どうやってお金を貯めたかってことなら具体的な話ができる。貧乏な家の伜《せがれ》がさんざん苦労してお金を稼いで美術館をつくったって話をすれば、みなさんも興味津々、目を輝かせて聞いてくれます。

それで最後に「数値じゃないよ、お金じゃないよ」という青臭いことを声高に叫んで帰ってくるんですが、不思議なもので日本人って、こういう話が好きですね。

でも、この「数値じゃないよ、お金じゃないよ」ってことは、戦後の高度経済成長時代を生きてきた自分のすがたを、自分で知っているから、身をもって言えるのです。

これもさっき言いましたが、経済成長時代の僕はあのころ、ある種の記憶障害に陥っていました。人は豊かであったり、幸せだったりすると、過去のことを忘れてしまう。あの戦争での、たくさんの兵隊さんの死や、アジア諸国の犠牲者や、原子爆弾の被爆者のこととかが、ぜんぶ頭からすっぽり抜けてしまう。

僕は、経済成長まっただ中の一九六〇年代、飲み屋で働いてました。あのころから、一晩中明かりを消さない深夜営業の店がどんどん増えていったのですが、いま思い起こせば、日本で最初の原子力発電所ができたのが、あのころだったわけですね。そんなことも気にせずに、毎晩お金を稼ぐことに必死になっていた。

だから、このたびの二〇一一年三月十一日の東日本大震災で、ほんとうに思い知らされた。まさに僕はいま、立ち往生しています。この歳ではもう手遅れなのかもしれないけれど、それでも自分の残り時間で何が取り返せるのだろうと、いま、必死で考えているところです。

松本：僕もいま、松本や安曇野を中心に信州自遊塾という勉強会をやっています。これは、3・11以降の文明のありかたを考えようというところから出発しています。

便利さと効率をもとめて突き進んできた、戦後の我々の生き方は、はたしてこれで良かったのだろうかという問い直しです。あの戦争の時代と、戦後から現在へ至る時代を、ひとつの大きな流れのなかでとらえながら反芻《はんすう》してみたい。

そんな問題意識のなかで僕は、今あらためて、母・いわさきちひろについても問い直そうと考えています。

窪島誠一郎さんの父上、水上勉さんは一九一九年三月生まれで、僕・松本猛の母、いわさきちひろは一九一八年十二月生まれ。二人は同学年でした。じつは、この二人には他にも接点が多いのです。ともに福井県生まれで、戦争がはじまったばかりのころ「満州」に滞在していたこと、敗戦のまえに東京中野で空襲にあったこと、戦後は神田に住んでいたことも共通しています。ひょっとすると、どこかですれ違っていたかもしれません。一人は作家、一人は絵本画家で、作風も性格もまったくちがいますが、戦争が彼らの作品を生み出す大きな原動力になったことは間違いないでしょう。

窪島さんは『父　水上勉』（二〇一三年、白水社刊）という本を書かれていますが、それに刺激されて僕も『母・いわさきちひろ』を書きはじめています。

もちろん、これまでにも母のことはたくさん書いてきました。ただし、僕は美術館を経営する立場もあって、いわさきちひろの価値を高めたいという意識がどこかにありました。もちろん不当に低く見られていた絵本画家を正当に評価してほしいという意識とそれは重なっていました。考えていないことは書けないし、うそも書いていませんけれど、母の人としての素晴らしさや、絵の魅力について書くことが多かった。

しかし、こんどは別の視点から書いてみたい。

つまり、僕という人間の感性や思考回路は、どこから来たのだろうか？　ということを、考えてみたいのです。ひとりの人間が形づくられていくとき、当然のことながら、母親、あるいは父親のもっている価値観から、いろいろな影響を受けるはずです。もちろん、僕もそうでした。成長していくなかで、ときには価値観がぶつかることもありましたが、それもふくめて、親から大きな影響を受けてきたことは間違いありません。

そんな僕自身のルーツをさぐる意味でも、とりわけ、母・いわさきちひろがどんな時代を生きて、何に影響を受けながら、絵を描きつづけてきたのかを、見つめ直してみたいのです。

少しだけアウトラインをお話ししてみます。

いわさきちひろが生まれたのが、一九一八年（大正七年）。このころ、日本はどんな時代だったかというと、前年にロシア革命が起こって、それに対してシベリア出兵が行われたのが、一九一八年です。国内では、米の価格が急騰したため暴動が起こりました。いわゆる、米騒動です。この騒動は瞬《またた》く間に全国に広がり、参加者の規模は数百万人にのぼり、政府は軍隊を出動させて、騒ぎを鎮圧しています。

このころ、国外にたいしても、国内にたいしても、「日本は強く大きくならねばならない」と主張する軍国主義的な勢力が強まっていました。

その一方で一九一八年は、軍人出身の国粋主義的な寺内内閣が米騒動の責任をとって倒れた後、「平民宰相《さいしょう》」と呼ばれる原敬《はらたかし》内閣が成立した年でもあります。国民のあいだに、大正デモクラシーの民主主義的な空気が広まっていました。文学の世界でも、白樺派に代表されるような、人道的・理想主義的な流れがありました。

一九一八年は、児童雑誌『赤い鳥』が創刊された年でもあります。

そんなふうに、別々の価値観がせめぎあっていたのが、ちょうど一九一八年ころの日本の状況であったと思います。


さて、いわさきちひろの父は、岩崎正勝《まさかつ》。母は、文江《ふみえ》と言います。僕からすると、正勝と文江は、祖父母になります。この二人のあいだにも、僕はこの時代の価値観のせめぎあいを見いだします。

岩崎正勝は、白樺派の文学者たちと、ほぼ同世代になります。英語を学び欧米の文化を好んだ自由主義的な考え方の人だったようです。当時、陸軍の建築技師としてシベリア出兵に参加することになっていました。しかし、文江にあてた手紙には「シベリアに行きたくない」という内容のことが書かれています。

このころ、文江のお腹のなかには子どもがいました。それが、いわさきちひろです。文江から正勝にあてた手紙には、「あなたにもしものことがあっても、わたしはお腹の子どもをしっかり育てます。そして、男の子なら海軍大将にしたい」と言って、お国のためにしっかり働いてください、という内容のことが書かれています。

正勝と文枝の往復書簡からは、シベリア出兵に消極的な父・正勝の姿と、お国のために戦ってほしいという強固な意思を持つ母・文江の姿が見えてきます。

岩崎文江は、エリート女学校だった東京府立第六高等女学校の先生でした。僕が知っている祖母は、楽しくて元気いっぱいの人でしたが、調べてみるといろいろなことがわかってきます。

祖母文江は優秀で、当時の女子の最高学府であった奈良女高師の第一回生でした。上昇志向が強く、山の手の上流階級へのあこがれをもっている人でした。

祖母は、戦争中は「満蒙開拓団」に花嫁を送る中心的な役割をしていました。つまり、良妻賢母になってお国のために尽くすような女性を育てること。それが教育者としての基本となる価値観だったのだと思います。さらには、帝国ホテルで、上流階級にふさわしい、洋食のテーブルマナーを教えるようなこともしていたようです。ちひろは、母親であり教師でもある文江の、そういう価値観にどっぷりと浸かって、とても裕福な環境で育ったのです。

ちひろは女学校時代、十四歳の時から、当時、日本を代表する洋画家の一人岡田三郎助（第一回文化勲章受賞者）に師事していました。

ちひろは、絵描きになりたいと思い、女子美術大学の願書を取り寄せますが、両親から、絵描きになるなんて何を考えているのだ、と叱られます。文江は自分が仕事を持っていて、子どもと十分遊んでやれなかったので、娘は、良き妻良き母として生きることを望んでいたようです。

それで、ちひろは、いったんはあきらめて、花嫁修業のようなことをはじめました。

ところが、戦局は思わぬ方向にどんどん進んでいきます。

ちひろもまた、母親の立場もあってか、「満州勃利《ぼつり》女子開拓団」の一行に書道の教師として参加するのですが、そこではじめて、現地のようすを垣間見ます。

開拓団の人々は、生きていくこともたいへんな、凄まじい状況におかれていることを知り、ショックを受けたちひろは身体をこわしてしまい、たまたま知り合いの叔父だった部隊長の官舎に身を寄せます。ところがそこでは、神戸の洋食屋のシェフや神田の寿司屋の板前が、連隊長付きの当番兵だったこともあり、優雅な生活がありました。ちひろは、開拓団の生活とはあまりにもちがう軍隊の状況を目の当たりにするのです。

部隊長の計らいで、幸運にも危険な状況である「満州」から東京に戻ることができたちひろでしたが、今度は中野で空襲に遭い、家を焼かれて、信州に疎開し、そこで終戦を迎えます。

このような戦争体験をとおして、ちひろははじめて、親の価値観ではなくて、自分の頭でいろいろと考えるようになりました。

そして、戦争が終わった直後から、絵を描きはじめるのです。

ちひろは、絵描きとして何を描くべきかを、自分自身に問いかけました。

「青春時代のあの若々しい希望を何もかもうち砕いてしまう戦争体験があったことが、私の人生を大きく方向づけているんだと思います。平和で、豊かで、美しくて、可愛いものがほんとうに好きで、そういうものをこわしていこうとする力に限りない憤りを感じます」と、ちひろは後に語っています。

ちひろの絵のモチーフとなる、赤ちゃんや子どもたちは、おそらく、あの戦争で亡くなった、たくさんの幼い生命への思いが根底にあって描かれていると、僕は思っています。

窪島：いま松本さんのお話を「ああ、こんな息子さんをもって、ちひろさんも幸せだなあ」って、羨望《せんぼう》半分に聞いていました（笑）。

ここで今度は僕が、父である水上勉について語らなければならない番ですが、松本さんが母親について語ったようには、自分の父親について語れません。なにしろ三十年以上も、父親を知らずにいたのですから。やはり僕にとっては、靴職人をしながら僕を育ててくれた養父母が、ほんとうの両親に思えます。

水上勉はいまから十一年前に亡くなっています。ということは、実父とつきあいのあった期間は、僕の人生の半分くらいにしかなりません。だから、彼が考えてきたことを、僕自身の言葉で語ることは難しい。

七十三年生きてきた僕の人生には、いくつか「ボタンの掛け違い」があると言いましたが、無言館をつくったことが、そのひとつ。そして、もうひとつ大きな「ボタンの掛け違い」は、自分のほんとうの父親を見つけてしまったことのような気がしています。

僕が水上勉に再会したのが、一九七七年（昭和五十二年）六月。僕がはじめて上田を訪ねたのが、同年七月。微妙に時期が重なっています。

そして、正確に言えば、その夏の八月四日に、水上勉と僕の出会いが、マスコミにスクープされています。もともと個人的な事件だったのですが、これで世間に知れ渡ることになった。

逆にいえば、僕が上田の町にやってきてから、ひと月ちかくの間は、どこの馬の骨ともわからない人間が、美術館をつくる場所を探しながら、うろうろしていたわけです。いま考えれば、有名な直木賞作家の息子であるという肩書きを使って、もっと上手に土地の交渉ができたのかもしれない。でも、僕はあえてそうしなかった。今から振り返ると、この時期がとてもよかったんです。この放浪期間がよかった。自分にとって重要なパトスが得られたような気がします。

水上勉の息子であると知ったこと、そして、世間からも水上勉の息子として見られるようになったことで、僕の人生は変わりはじめる。

それが「ボタンの掛け違い」です。僕はいまでも、父親を知らないままのほうが、良かったのではないかと思うことがあります。

いずれにしても僕は、松本さんのように幼少の頃から、ずっと母親の匂いをかいで育った人と、おなじような立ち位置にはなれない。

できることは、いま自分が置かれている場所から見える、父・水上勉を語ることだけです。

僕から見た水上勉の特徴は、三つあります。

一つめの特徴は「貧困」であったこと。

僕は歴史がまったくダメなので、松本さんから一九一八年の米騒動なんて言われても、なんだかピンとこない。ただ僕の幼いころは、お米を買えたなら、まだいいほうだったと思います。あのころは「貧乏人は麦を食え」なんて言った政治家もいて、貧しい人は米さえ食えなかった。

水上勉は、福井県の片田舎で生まれ、ほんとうに貧しい幼少年期を過ごしています。僕がはじめて彼に会ったとき、「誠ちゃんは麦を食えていたならまだいいよ。僕なんかどんぐりしか食えなかった」と言われたのを思い出します。

松本さんは、いわさきちひろと水上勉が同時代を生きてきたとおっしゃるけれど、二人が育ってきた環境には、天と地ほどのちがいがある。水上勉のほうは幼いころ、うんちをしても、どんぐりしか出てこないくらい、どんぐりばかりを食べていたそうなんです。そのくらい凄まじい生活をしていた。

貧困におかれていると、人間はずるくなります。貧しい人間って、財布が落ちていても、交番には届けないでしょ。

じっさい水上勉は、ケチでしたよ。有名な作家だから、いろいろな贈り物が届きます。でも、人にはあげない。愛媛みかんが玄関先にたくさん置いてあって、もう半分傷みはじめているのだけど、彼は人にあげるくらいなら、傷んだほうがいいって考えるくらい、ケチでした（笑）。

でも彼は、身をもって、人間をそんなふうに卑屈にしてしまう「貧困」を心から憎んでいました。それと同時に、貧しい人間というものが、どのような目で豊かな人間を見ているか、また、社会や時代とどのように格闘しているかということを、作家としての生涯のテーマにして、小説を書いていました。

二つめの特徴は「うそつき」であったこと。

しゃべっていることの八割はうそだったんじゃないかな。しかし、彼のうそは、特有のもの。真実をより強く伝えるための、うそなんです。聞いた人がその真実にふれて泣きだしてしまう。ところが、涙をぬぐっているうちに、いつのまにか他の話題に移ってゆき、最初のうそはどこかへ飛んでしまう。当意即妙なうそつきでした。

そんな彼ですから、虚実を見抜くところがありました。ほんとうのことと、うそのことを、厳しく見つめていた。

たとえば、「自伝」のようなものを信じなかった。松本さんが書かれる「母・いわさきちひろ」伝だって、水上勉なら疑ってかかるでしょう。人間というものは、正直なつもりでも、自分に調子のいいことを書いてしまうものですからね。

人間が本質的にもっている「うそつき」な面も、作家・水上勉にとっては、人間を描くときの、大切な視点でした。

そして、三つめが「女性」です。

僕は、ほんとうの父親が水上勉であることを知って、彼に宛てて「いちど会ってもらえませんか」という短い手紙を書き、軽井沢の別荘を訪ねました。そのとき、敷地の広さと、床暖房と、掘り炬燵《ごたつ》にびっくりした。ついつい「ここは何坪あるんですか?」って、聞いてしまいました。水上さんには、はるばる訪ねてきて、そんな質問をするのは君くらいだって、笑われました。

それにしても、お手伝いさんのような女性がたくさんいる。とりわけ、僕にお茶を出してくれた女性が、あまりにも美しい人だったので、あとで「あの方は、女優さんか何かですか?」なんて、また余計な質問をしたら、「あれは太地喜和子《たいちきわこ》だよ」って。びっくりしました。

まあ、これ以上話すと、差し障りがあるので止めておきますが、帰り際に水上さんから言われた「血は争えないね」ということばが、いまでも耳に残っています（笑）。

松本：ご自身に火の粉が降り掛かってきそうな話題になりましたね（笑）。

水上勉さんはそうとう女性にもてたそうですが、窪島さんも、若いころはめちゃくちゃもてたそうですね。

窪島：そんなにもてないよ。でも、水上勉の時代は、戦争で男が少なかったですからね。

松本：たしかに戦争直後は、トラックいっぱいの女性に男性ひとり、なんて言われるくらい、男が少ない時代だった。だから、一般的にいって、男はもてた。戦争末期、男性の平均年齢は二十四歳くらいと言われています。

ちなみに僕の父も、母より七歳半年下でした。つまり、母と同世代の男は無言館の画学生とおなじか、それよりちょっと上くらいですから、男が少なかった世代なんですね。

いわさきちひろが十四歳で岡田三郎助に師事したころ、父は六歳で国民学校に入学しています。これが一九三三年です。

この一九三三年というのは興味深い年なんです。

後《のち》に母に大きな影響を与えた宮沢賢治が亡くなっている。小林多喜二が獄中で虐殺されている。ドイツでヒトラーが政権をとっている。そして、国語の教科書が「ハナ　ハト　マメ　マス」というのから「サイタ　サイタ　サクラガサイタ　ススメ　ススメ　ヘイタイ　ススメ」に変わった。

父が国民学校に入ったのは、そういう年でした。

つまり、父の感覚は、いわさきちひろや水上勉ともだいぶちがってきます。すべてがお国のために、天皇のために、というふうに物事を考えるよう、最初から教育されてきた世代です。優秀な人間は、軍隊に入ってお国のために死ななければならないという感覚が、少年の時から植え付けられている。だから、長く生きようなんて思っていない。父は、男は二十歳過ぎて死ぬものだと、当たり前のように思っていたそうです。

どうして時代は、軍国主義的な方向に、大きく傾いてしまったのでしょうか？　ひとつのきっかけとして考えられるのは、一九二五年に治安維持法が成立したことです。ただし初めのうちは、条項も少なく、罰則もそれほど厳しくなかった。そのあと数年で、だんだん罰則が厳しくなり、最高刑は死刑になります。

それと比較してみると、二〇一三年に特定秘密保護法が国会を通りましたが、懲役十年以下という罰則は、それほど厳しいとは言えません。ひとつの法律が通っていく経過を考えるとき、どこか似ているような気もします。

さきほどもお話ししましたが、一九三三年ころ、母は女学校に通っていて、美味しいものをふつうに食べられる、裕福な生活をしていました。その意味では、どんぐりばかりを食べていたという水上さんとはだいぶちがいがあります。

母だけに限らず、都市部の裕福なくらしのなかでは、みな戦争というものを、それほど身近に感じていなかったように思います。しかし、振り返ってみれば、このころ日本は戦争に向かって、もう後戻りできないところまで来てしまっていた。

二〇一五年のいま、私たちは日々の暮らしのなかで、どのくらい戦争を身近に感じているでしょうか？　あの時代といまの時代は、何が違って何が似ているのでしょう？

窪島：僕が東京で小さな飲み屋をはじめたのが、東京オリンピック前年の一九六三年（昭和三十八年）でした。朝七時から夜中の二時〜三時まで、ぶっ続けで店を開けていた。僕もまだ二十一歳の若さでしたから体力がつづいたんです。面白いくらいお客さんが入って、お金もどんどん貯まっていく。もう夢中でした。

ジュークボックスからは、青江三奈《みな》の曲が流れていました。夜、最後のお客が帰ると電源を落とし、朝になるとまた電源を入れる。と、また青江三奈の曲からはじまる。そんな日々です。

とにかく、忙しかったものですから、三ヵ月くらい電気代を払い忘れていたことがあります。すると、当時は自動引き落としもなかったので、鞄をぶら下げたおじさんが集金に回ってきた。それで、あわてて支払いました。そのときに、集金のおじさんが「原発ができたおかげで、たくさんの人が働けるようになった」と言っていたことが、いまでも思い出されます。この昭和三十八年が、日本に最初の原発ができた年でした。

ちょうどおなじころ、僕は新聞か何かで、水上勉の名を発見しました。まだ彼の名がそんなに売れていなかったころのことで、彼はこんなことを書いていた。

「心から原発を憂う。原発という存在が、この世にあっていいはずがない」と。

僕は、当時まだ水上勉が父親であることは知りませんでした。でも、この文章にはびっくりした。

このころ、くる日もくる日も、読売新聞などは「原発を平和利用できるようになったのは素晴らしいことだ」という論調のオンパレードでしたから。

僕にしても、原発にたいする問題意識なんて、まったくなかった。なにしろ「夜遅くまで働けるようになったのに、電気を止められたら大変だ。電気代の滞納なんて非国民がすることのようで、まことに申し訳ない」(笑)ってくらいのことしか考えていませんでした。当然、その根元の原発にまでは考えが及びません。

だから、水上勉と僕は、対極の場所にいた。僕は無辜《むこ》の民《たみ》、ならぬ無知の民でした。しかし、いまから四十数年前に、父の水上勉はすでに原発の過ちをしっかり見抜いていたのです。

その後に出版された『若狭日記』（一九八七年、主婦の友社刊）の中では、さらに激しいことばで〝過ちのない人間なんてこの世にいない。原発安全信仰はどこからくるのか〟と若狭湾の原発を批判しています。

ここで僕が言いたいのは、あの当時、原発の問題ひとつとってみても、僕のようにまったく見えていない人間と、水上勉のようにしっかり見えている人間がいたということです。

それは、松本さんがおっしゃる戦争の問題でもおなじだろうと思います。

いつの時代でも〈見えていない人間〉と〈見えている人間〉がいる。そのあいだには大きな溝がある。とすれば、いま僕らのやっているような仕事は、その溝をすこしでも埋めていくことにつながっていくべきじゃないか。

もっとも僕自身が、見えていない人間だったわけですから、けっして偉そうなことは言えません。それでも七十歳を超えたいま、文章を書いたり、講演をしたり、美術館を経営しながら、毎日そんなことを考えています。

松本：窪島さんが飲み屋をはじめた一九六三年は、僕が中学生になった年です。思い出すのは、東京オリンピックのちょっと前、ブルドーザーが山を切り開いていく映像が流れるテレビのコマーシャルがありました。

ちょうど、我が家の周りでも、同じように畑や森がつぶされて大きな道路ができていったのですが、僕は毎日そのショベルカーを見ながら、感動して喜んでいました。田中角栄《かくえい》の日本列島改造がはじまるのが、一九七〇年代の初め。日本中の自然を破壊しながら、列島を切り開いていった。

窪島：あのころ、長岡の田舎から出てきた今太閤《いまたいこう》・田中角栄さんが、がんがんと打ち鳴らす大太鼓の音に、僕もまた踊らされていました。

今太閤のように、僕もいまの狭い家を脱して、自分の家を持ちたい。もっと豊かな暮らしがしたいって思いながら、毎日を走り続けていた。

田中角栄さんがロッキード事件でつかまって、手錠をかけられたとき、自分の腕に、カシャっと手錠がかけられた音を聞いたような気がしましたよ。

松本：恥ずかしいけれど僕はずっと、電気はあたりまえにあるものだと思っていました。科学技術の発展は、人類にとって無条件で良いことだと思っていた。

二〇一一年、福島の原発事故が起こって、はじめて僕は何かが間違っていたと気がついた。

アメリカ先住民のあいだに「一本の木を切るときは七代先の人のことを考えて判断しなさい」という言い伝えがありますが、いまになって、ようやくその言葉の意味が理解できるようになりました。戦後の日本はひたすら便利さと効率を求めて経済発展に邁進してきましたが、それは明日の経済的豊かさのことしか考えてなく、将来の日本のこと、地球の未来のことは意識の外だったわけです。

窪島：その後日本は心変わりして、緑の時代だ、こころの時代だ、などと言われる時期がくるのだけれど、しばらくすると、人は忘れて、またおなじことを繰り返す。

結局、上田では、千曲川の洋々たる流れのわきに、広大な土地を切り開き、何十億ものお金をかけて、ガラス張りの大きな美術館を建てました。

それが町の発展だという発想は、根強くのこっていますね。

この話の流れで思い出すのは、二〇一三年に亡くなられた辻井《つじい》喬《たかし》さんです。西武百貨店、無印良品、吉野家チェーン、パルコ文化村……さまざまな文化事業をされてきた一方で、詩人、小説家としても素晴らしいお仕事をのこされた。

その辻井喬さんが「人間は、どんな偉い人も、偉くない人も、みんな中二階に住んでいる住人なんだ」ということを、おっしゃっていた。〈中二階〉とは、ほんとの二階でもなく、一階でもない場所です。それは、どういう意味か。ひとつには、人間はかならず死ぬ、しかも、死ぬ時期はわかっていない。さらには、人間は今日しゃべっていることも、状況次第で、明日には変わってしまうかもしれない。そのように、人間というものは、ここが絶対だという位置にいるわけではない。

たとえ、名刺の肩書きにあるような確固たる社会的地位をもっているとしても、実際のところ、人間はあまねく中途半端。だから、表現者たるものは、つねに「人間は中二階の住人だ」という意識をもたなければいけない、ということを辻井喬さんはおっしゃっていた。

そして、僕はこの辻井さんの言葉がとても好きなんです。

実際僕自身が、正真正銘の中二階人間なのかもしれない。文化人類学者の山口昌男《まさお》さんは何冊かの著作や対談のなかで僕についてふれてくださっていますが、僕という人間は、文化人類学的に言うと、「ノマド」＝「遊牧民」なんだそうです。つまり、生涯にわたって定位置をもたない人間。さらには、複眼的な目をしているんですって。「そんなトンボのような目をした遊牧民にひさしぶりに出会った」なんておっしゃってました。

トンボの目に見えますか？　僕の目……（笑）。

松本：窪島さんがおっしゃる意味を、きちんと理解できているかどうかわからないのですが、僕の場合は、育ってきた環境からして、そういう〈中二階〉の感覚をもちにくかったように思います。なぜなら、父親も母親も共産党員でしたし、とくに父は国会議員にもなって、共産主義という思想に絶対的な確信をもっていた。

そんな親に育てられた僕は、子どものころから、唯物史観や科学的社会主義といった価値観が自然に身についていました。

父、松本善明は、議員になる前は弁護士で、松川事件やメーデー事件や労働争議で本当に忙しかった。朝早く出ていって、ぼくが寝てから帰ってくるというような状況でした。息子との接点が少なかった分だけ、息子にたいしての関心もそれほど芽生えなかったんじゃないかな。ちひろに任せておけば大丈夫と思っていたようです。

ところが、僕が高校に入った時「きみは善明さんの息子だから民青（＝日本民主青年同盟、共産党の援助を受けている青年組織）に入らない？」と言われて、なんとなく入ったことがあります。でも、次第に違和感を感じて、「やっぱり辞めます」と言ったのですが、そのときはじめて、父が「どうして辞めるんだ」と、僕に言ってきました。父にしてみれば、息子がおなじ道を歩んでくれると思ったのに、何事が起こったのだと慌てたのかもしれません。僕は、僕にも思想選択の自由はある、というようなことを言った記憶があります。

当時は、学生運動が盛んなころで、僕もいろいろなことが知りたかったので、中核や、革マルの集会をのぞきに行ったことがありました。その時父は、烈火のごとく怒りました。今になれば、父の気持ちも理解できますが、そういうとき、母のほうは「いいんじゃない。自分で考えれば」という鷹揚《おうよう》な態度でした。母親というのは、息子に寄り添って考えてくれるのだけど、父親というのは、自分の立場を考えたり、妙な意地をはるところがありますね。とくに男同士だと息子の方も父親に張り合おうとするところがある。

成長するにつれ、親の価値観の正しいと思う部分と、そうでないと思う部分を冷静に考えるようになり、自分の価値観を少しずつつくっていったように思います。しかし、今でもわからないことはたくさんあるし、判断が揺れることもよくあります。

僕は、人間が生きていくための基本になる、一定の論理というものは必要だと思います。

表現者として、自分はこうだって決めつけるのはよくない、という意味なら、ぼくも〈中二階〉の住人でありたいですが、辻井喬さんはどうしてそういう言葉を選んだのでしょう? 僕もちょっとだけお会いしたことがありますが、辻井さんは文学者とは別に、堤清二という大企業の経営者という肩書を持っていたから、社会的地位なんてものは、その人の本質とは関係がないってことを言いたかったのかな。

窪島：人間のいのちは、なにかの偶然から、この宇宙に生まれ落ちた、うたかたのような、はかない、いのちです。そこには、論理も計算もないし、肩書きも、社会的立場もなにもない。ただの、いのちです。

そんな曖昧な場所に立って、何かを語りはじめることが、文学であり、芸術なんじゃないでしょうか。

ひと粒の、いのちの、どこからか、わけもなく込みあげてくる、よろこび、かなしみ、やさしさ、せつなさ……いろいろな感情。そういうものに、人間はもっと正直であっていいんじゃないかなって、僕は思います。

その意味では、いわさきちひろさんがお描きになった絵は、まさに、そういう、いのちの表現だと思います。

松本：個人の感情に正直であれという、窪島さんのお考えは、よくわかります。ただ一方で、自分なりの論理をもつって、大事なことなんじゃないですか。個人の感情だけで、視野がせまくなってしまうことの危うさについても、僕ら文化にかかわる人間は、考えておかなければいけない。

世の中にはものすごく、まじめに働いている人がいます。たとえば、目の前の仕事によろこびを感じながら、一生懸命にモノをつくっている。でも、その人がつくっているモノが、結果として、軍需産業で兵器の一部になっているかもしれないし、薬剤会社で危ない薬として売られているかもしれない。

その人はたしかに、まじめに人生を送っているかもしれないけれど、社会という大きな枠組みの中でとらえたときに、はたしてそれだけで良いのでしょうか？

僕は戦争のときも多くの人は、まじめに生きていたと思います。祖母なんかは、本当に生真面目な人だったと思います。しかし、知らなかった、あるいは、気がついていてもしゃべらなかった、ということが、結果としてまねいてしまった事態を考えるとき、まじめなだけで良いということはできない。

逆に、それほどまじめでなくても、全体を見通すことができる人間もいる。祖父とおなじ歳の竹久夢二《たけひさゆめじ》なんて人は、いろいろな女の人とふらふらしていたけれど、ナチスの危険性なんかはちゃんと見抜いていた。

僕は時代のなかで自分の立っている位置をちゃんと見られるような人でありたいで

すね。

窪島：まじめに部品をつくっている人が、じつは、軍需産業の手先だったということもあり得ることです。でも、それを大所高所から非難すべきではない。人間はみな〈中二階〉に住んでいるんだということを忘れて、ものを言ってはいけない。

自分の中にいろんな矛盾を抱えているのが、人間のありのまま、裸んぼうの姿なんじゃないかって、僕はそう思います。

さきほど、水上勉が若いころから、原発に反対していたことをお話ししました。でも、僕がはじめて軽井沢の別荘に行ったときに目にした光景は、床暖房つけっぱなし、家中の電気つけっぱなし、歯を磨くときはお湯出しっぱなし（笑）。そんな水上さんのくらしです。それでも、彼は若狭原発に猛反対していた。

どちらも、ほんとうの姿なんです。水上さんは、そんな矛盾を、矛盾のまま、隠さず見せてくれる人でした。それはまさに、裸んぼうの姿でした。

じつは、泊《とまり》原発のある北海道の岩内《いわない》というところが、僕の女房の故郷なんですが、ここは、父・水上勉の代表作のひとつ『飢餓海峡』（一九六三年、朝日新聞社刊）の舞台でもあります。そこに、二〇一五年の秋完成をめざして、水上勉と窪島誠一郎の連名で、「三行の願い」という小さな石碑を建てようと計画しています。ちょうど泊原発を眼下に見晴らす、小高い丘の上です。

その石碑の面には、「核を絵筆で塗りつぶせ、ペンで書き改めよ」と彫られています。生前、水上勉がよく口にしていた言葉を、僕がまとめたものです。裏には真鍮《しんちゆう》版で「我らは、戦後三十四年の風雪をこえ、奇跡の再会をはたした父子である。父・水上勉はふるさと若狭で反原発を唱って止まなかった。子・窪島誠一郎は、長野県上田市に戦没画学生の慰霊美術館・無言館を設立した。この碑は、わたしたち父子がめぐりあった証でもある」といった内容のことが刻まれています。

この碑をたてるために手伝ってくださった地元の方々は、生活の場である漁場を、泊原発のために奪われている。しかし一方で、みなさん泊原発から保証金をもらっています。だから表立って協力することはタブー。難しい立場です。

だけど「あそこに碑をつくるのに、でっかくて、いい石があったでよ」と言いながら、トラックで石を運んできてくれる人、寄付あつめに走り回ってくれる地元のみなさんの姿からは、身を挺して手伝いたいという気持ちが伝わってきます。

僕は、ここでも〈中二階〉という言葉を使ってみたい。原発からお金をもらっている、その一方で、原発反対の碑を立てている。人間は、そんな矛盾する立場に置かれることもあるのです。でも、ひとりひとりが、その矛盾した状況のやるせなさを、その人にふさわしいやりかたで、解消しようとしているのだと思います。

僕は、そんな〈中二階〉の人間たちを信じたいのです。

〈第四部〉　こころの原野

無言館

松本：水上勉やいわさきちひろが生まれた一九一八年～一九一九年ころの日本は、まだ、軍国主義的な考え方と、大正デモクラシー的な考え方とが、せめぎあっていました。しかし、そのころからどんどん、「日本を強い国にしていこう」とする軍国主義的な考え方のほうに、日本全体が傾いていき、ついには、満州事変を起こし、日中戦争に突き進み、太平洋戦争へ向かっていきました。

僕はいまの日本が、まさに、この状況に似てきているのではないかと不安を感じています。安倍政権は、戦後もっとも権力が集中した政権になっています。自民党はもともと派閥があって、党の内部に批判勢力を抱えていたわけです。その批判勢力が民主党に流れてしまったあとですから、いまの自民党は同一色が強い。そして安倍首相は「日本を強い国にしていこう」という考え方を、押し出しています。

つまり、いまの日本全体がある一定の方向に、大きく傾いていこうとしています。その意味で、水上勉やいわさきちひろが生まれた時代と、いまの時代の、共通点を感じます。

そんな歴史の大きなうねりを踏まえたうえで、僕たちはどう生きたらいいのかを考えなければならないと思っています。

窪島：ただ、このたびの対談テーマでもある「いわさきちひろをどのように引き継ぐか」「水上勉をどのように引き継ぐか」「小宮山量平をどのように引き継ぐか」……というときの「引き継ぐ」という言い方は、僕はあまり好きではありません。親子だからといって、何かを引き継がなければならないということはないし。

でも、松本猛として生きてきて、窪島誠一郎として生きてきて、その結果として、たまたま親とおなじ問題に辿り着くということは、あると思います。

それで思い出す、父と息子の話があります。坂本一亀《さかもとかずき》（愛称、ワンカメさん）という方をご存知でしょうか。河出書房の編集者でした。三島由紀夫の『仮面の告白』、野坂昭如《あきゆき》の『火垂《ほた》るの墓』、水上勉の『雁《がん》の寺』、三田誠広《まさひろ》の『僕って何』……など、戦後日本文学の礎を築いた、綺羅星《きらぼし》のごとく輝く文士たちを世に送り出した名編集者でもあります。二〇〇二年に他界されています。

彼は「満州」で終戦を迎え、ふるさとの福岡に戻ってきたとき、一面の焼け野原を、水と食糧をもとめて彷徨《さまよ》い歩く人々を目にします。そのとき一亀さんは、「この人たちのために何ができるだろう」と考える。そして、「そうだ、この人たちに物語をあたえよう」と思い、それから上京して、大学の夜間で学び、神田神保町《じんぼう》の小さな喫茶店の二階で小さな出版社をはじめる。それから後、戦後日本文学の数々の金字塔を打ち立てていきました。

その一亀さんの長男が、龍一さんといいます。あの、ミュージシャンとして知られる坂本龍一さんです。

龍一さんは、二〇〇一年九月十一日（9・11）、ニューヨークのマンハッタンにいました。あの日、世界貿易センタービルが土煙をあげて倒壊していくようすを、すぐ近くで目撃します。そして一日中、血だらけになって歩く人々のあいだを、彼もまた小型カメラを抱えていっしょに彷徨います。そして、ワシントンスクエアまで来たとき、傷だらけの黒人がジョン・レノンの「イマジン」を歌っている光景に出くわす。そのとき龍一さんは、「そうだ、こういうときこそ音楽をあたえよう。いま自分にできることは、やはり音楽で人々を救うことだ」と奮起されるんです。

それから日本に帰ってきた龍一さんは、音楽をとおして様々なメッセージを伝えはじめる。やがて、3・11以降の反原発運動にも、ミュージシャンとして関わっていきます。

この親子は、時代もちがうし、表現の仕方もちがうけれど、それぞれの人生のなかでたまたま共通の〈こころの原野〉に辿り着いたのではないでしょうか。その〈こころの原野〉に立って、坂本一亀さんは数々の文学を生み、坂本龍一さんは数々の音楽を生んだのだと思います。

その意味で、いわさきちひろにしても、水上勉にしても、あるいは、小宮山量平にしても、みな戦争を体験し、それぞれ立ち位置のちがいはありますが、何かしら彼らを突き動かす〈こころの原野〉に立っていたのではないでしょうか。

そう考えたとき、僕もまた、自分自身の〈こころの原野〉を見つめながら、この歳まで生きてきたような気がするんです。

松本：僕もまた、あの3・11を体験し、原発事故の問題に直面して、何かを語りたいと思いました。そして、自分にできることとして、絵本をつくり、信州自遊塾を立ち上げました。

東日本大震災の翌年、福島原発にかかわる絵本『ふくしまからきた子』を出版し、さらに、続編にあたる『ふくしまからきた子　そつぎょう』を二〇一五年三月に出版しました。絵本作家になっていた娘の春野といっしょに取材にも行き、試行錯誤をしながらつくった作品です。

それまで春野は、仕事のうえでは、なるべく僕との距離をおくように心がけていたようです。いわさきちひろの孫、松本猛の娘というレッテルを貼られることへの、抵抗があったのかもしれません。

一冊目の『ふくしまからきた子』は、はじめて、いっしょにつくった絵本でした。本が完成したとき、娘がはじめて口にしました。「お父さんは、おばあちゃんといっしょに『戦火のなかの子どもたち』をつくった人だから、わたしもいっしょにやってみたかった」と。

まさに、ベトナム戦争のときに、母と僕がいっしょに本をつくったことを、繰り返した形になりました。

窪島：仲のいい父娘って、なんかいやだなあ、僕は（笑）。僕の場合は、娘や息子とは、そういう関係がまったくつくれませんね。

松本：息子だったら難しいでしょうけど、娘とはけっこう話ができますよ。

ともあれ、絵本の一作目は、福島から避難した子どもを主人公にしました。二作目では福島に留まった子どもを主人公にしています。福島でたくましく明るく生きている子どもの姿を描いている。福島県民には好意的に受け止められていますが、この絵本に批判的な人も一部にはいます。

「福島はそんなに安全じゃないはずだ」という人々です。はじめにもお話ししましたが、福島と一括りにすることに僕は抵抗感があります。たとえば、帰還困難地域と絵本の舞台となっている伊達市などの人々が普通に暮らしている地域とをいっしょにしてはいけません。実際に僕たちが取材した学校や保育園では、すべての食品はもとより、いろいろな場所の放射線量を毎日測って安全を確認して生活しています。これは取材した以外の学校でも同様だということでした。僕たちも、自分たちの目で安全性を確認して、納得したからこそ、あの本をつくったのです。

取材をしていて、つらい話も聞きました。中央のテレビ局のインタビューを受けた一人のお母さんは、一時間、環境がどれだけ良くなり子どもたちが元気になったかを話して、ほんの一瞬だけ涙を流したら、その一瞬のカットだけが放映されたと言っていました。そのテレビを見た人は、福島の人はみんな泣いているんだと思うかもしれない。ある人は、反原発の人々の集まりで、福島の状況を話してくれと東京に呼ばれた。どんなに大変だったかという話の時は身を乗り出して聞いている人たちが、こんなに良くなったという話になると、スーッと引いていくのがわかる、と言うのです。

また、福島の人は悲しい顔をしている方が喜ばれる、と言った人もいました。

マスコミの取材の中には、先に報道する内容が決まっていて、自分たちの取材条件にあった人だけを紹介してほしいということもあるそうです。先に結論があるわけですね。たくさんの取材をして、その中から状況を判断して事実を伝えるというのが本来の報道のあり方でしょう。

僕は、こうした問題が起こるにはいくつかの理由があると思います。一つは二〇一一年の段階で、福島原発事故のイメージが固まってしまい、今も同じだと思い込んでいる場合です。福島から距離が離れれば離れるほど、遠くの出来事になってしまいます。また、反原発の運動を進めるには放射能の危険さを強くアピールしたほうが有効だと無意識に考えてしまう場合です。「小学校のプールが鼻血で真っ赤になった」とか「中絶する人が増えている」とか「子どもの甲状腺がんがすごく増えている」とかいうことが、きちんと確認されることなく広められてしまう状況は、そういうことからくるのだと思います。

マスコミの場合は、ニュースバリューを常に意識します。ニュースというのは、何かが起こったときに大々的に報道されるものです。順調にうまくいっていることは、報道されない。汚染水の問題が起こったということならば、ニュースになる。でも、問題が解決している様子や、被曝線量が低くなってきたという情報は、ニュースにならない。

僕も、もちろん原発は要らないと考えていますし、再生可能エネルギーへの転換が必要だといろいろなところで言っていますが、事実は正確に伝えたいし、福島の環境がどんどん良くなっていることは喜びたいと思います。

窪島：たしかに。いま、マスメディアがダメですね。視聴率がとれればいい、たくさん売れればいいという考え方です。

先ごろ（二〇一五年一月）、フランスのジャーナリズムにたいするイスラム過激派のテロが起きて、表現の自由を守れという声が一斉にあがったけれど、なにか違和感を感じました。各国の首相がデモをする姿も気持ち悪かった。たしかにテロは悪い。でも、イスラム教徒を愚弄する風刺画を六〇〇万部も刷って、商売に利用し、それが表現の自由でしょうか。方向が、間違っている。

表現の自由というのは、民衆ではなくて権力に向かって行使されるべきです。たくさん流布させることではなく、深く掘り下げることだと思うのです。

松本：僕の師匠にあたる、劇作家で、ちひろ美術館初代館長でもある飯沢匡《いいざわただす》さんは『武器としての笑い』（一九七七年、岩波書店刊）という本で、庶民は権力者と風刺の笑いで戦うということを書いています。また、「広辞苑に出ている言葉がすべてではない」「新聞がいつも正しいことばかり書いているわけではない」ということをつねづねおっしゃっていました。

原発安全神話は、大新聞が広めたわけです。最初のうちは原発に反対する論調もけっこう多かったそうです。しかし、それが日を追うごとにだんだん崩れていきます。

それは、なぜでしょう？　ひとつには、科学記者たちをつぎつぎ原発に招待して、いかに安全かを説明することが続けられました。

もうひとつは、新聞に原発の全面広告を出しつづけたのです。新聞にとっては、この広告収入が大きかったようです。当初は出さなかった新聞社も、結局「金目」に負けて出すようになったようです。経営サイドから「あまり原発の悪口を書くな」と無言の圧力がかかったのでしょう。

つまり、政治的・経済的な力がマスコミをコントロールしたわけです。

これは、戦前の戦争に対する論調とおなじですね。さいしょは戦争に反対する論調もある。しかし、少しずつ圧力がかかってきて、マスコミはあまり反戦を声高に言えなくなる。マスコミがそうなると、一般の人たちも、反戦を言わなくなります。家や仲間内では、首相や軍部の悪口を言っている人が、外では口を閉ざすようになっていきます。

つまり、マスコミをコントロールするのは、世論を変えていく一番の手段です。特定秘密保護法をなぜいま成立させたのかを考えると、これから先の日本が不安になります。まだ、マスコミは発言できているところも多いですから、ぎりぎりのラインかもしれない。ひょっとするとかなり危ういところまできているかもしれない。

窪島：飯沢匡さんがおっしゃったこととおなじようなことを、水上勉も言っていましたね。「真実のように流布されている言葉をまず疑ってみるべきだ」と。

たとえば「朝の水はつめたい」って当たり前のように言われているけれど、あれは手を入れたことのない人が言っているのであって、朝の水というものは、案外あったかいものだよって。

実際自分の肌で触れてみたもの以外、簡単に信じてしまわないほうがいいということの、たとえ話でもあるのですが。

松本：窪島さんも僕も、いま「戦争をさせない1000人委員会・信州」の呼びかけ人に名前を連ねています。

窪島さんと僕は、だいぶ性格がちがうけれど、ここでは一致した側に立っていますね。

窪島さんは、〈中二階〉を大切にしたいという言葉のとおり、曖昧さや、矛盾したことを認めるし、けして大所高所から理屈を言うことはない。

けれど、この「戦争をさせない……」ということだけは今、社会にたいしてきちんと言っておかないとまずい、そういう確固たる立場に身を置かれているように見えます。

窪島：じつは僕は、美術にかかわる人間のひとりとして、プロパガンダやスローガンというものを好みません。ピカソの最高傑作は「ゲルニカ」ではない。つまり、芸術表現をプロパガンダやスローガンだけで捉えるべきではないと思うんです。

僕は無言館や信濃デッサン館に飾られている、あの画家たちには何も語らせたくない。

だから、そのために、自分自身が何倍も真剣に勉強し、しゃべるしかないと思っています。

松本：無言館や、信濃デッサン館の絵は、いろいろなことを語っているのではありませんか？

僕も、ちひろ美術館でたくさんの絵を展示しています。あの絵たちが語ろうとする言葉を、どうやって聞こえるようにするか、僕にはそれが美術館の仕事のように思いますが……。

窪島：たしかに絵というのは、多様な光を発する表現体です。だからこそ、その表現をひとつに限定してしまってはいけない。

たとえば、いわさきちひろさんご自身は、戦争体験からくるいろいろな想いを抱えながら絵を描いていたと思います。しかし、絵そのものはどれも、やわらかで、やさしくて、かわいくて、戦争とはもっとも遠いところにあります。

もし、あの子どもたちの絵に、吹き出しをつけて何かを語らせてしまったら、まったくちがうものになってしまいます。

松本：絵にもいろいろなタイプがあります。それぞれの味わいがあるし、受け止め方もいろいろです。僕は、戦争をまったく語らない絵もあれば、戦争や平和をテーマに描く絵もあっていいと思います。

窪島：僕は、飾られている絵と、その絵を鑑賞する人のあいだに立って「この絵は、反戦平和を語っています」「この絵は、反原発を語っています」というように、表現の手助けをしたいとは思いません。

なぜなら、絵の表現というのは、もっと小さなささやき声だからです。大きな声よりも、小さなささやき声のほうが、ずっと遠くまで、ずっと深くまで、届くことがあるんです。その、ささやき声に耳を傾けてもらいたい。

逆説的な言い方になりますが、僕は、その一枚一枚の絵が発している、小さなささやき声を伝えるために、「ここに、ささやいている絵がありますよ！」ってことを、大きな声で伝えたいんです。

ここで、あえて政治的な発言をするならば、僕は美術館屋という立場にいる人間として、「絵がささやいている声を、身を挺してでも守らなければいけない」ということです。

そうした意味でも、このたびの特定秘密保護法だけは絶対に反対しなくてはいけないんです。

信濃デッサン館に飾られている夭折の絵描きたちの中にも、かつてダムを描いたり、市役所を描いただけで、捕まってしまった人がいます。そういうことを知っている野見山暁治さんはじめ、ご存命の画家たちは、「あの秘密保護法が通ってしまったら、僕たちはデッサンすらできなくなるかもしれない」とおっしゃっていました。

僕は十九歳のころに、安保闘争で国会の周りをデモ行進したことがありますが、今回はそれ以来、ほんとうに久しぶりで善光寺につづく坂道を、息切れ切れになりながら行進してきましたよ。

そんなふうに僕を駆り立てるものは何か？　それは、画家が自由に絵を描けなくなるような世の中にしてはいけない、彼らの絵をだまってあそこに飾らせておいてもらいたい、そのために自分が立ちあがらなければいけない、そんな思いです。


松本：最近（二〇一四年二月）、都美館でも作品撤去の話がでましたね。これも、おかしなことです。こういうことは、いま言わないほうがいい、いま表現しないほうがいいという空気が、少しずつ広がっているように思います。

そして、あるとき「あの美術館には、問題のある絵が飾られているから、行かないほうがいい」と、行政の側から規制がかかる。

これは、ほんとうに恐ろしいことです。

そうならないために、僕はいま、自分自身としても、美術館としても、何ができるかということを考え、行動しはじめています。

僕はいま、絵本学会の会長を務めていますが、そこでも昨年、特定秘密保護法の撤廃をもとめる声明を出しました。ぼくが起草したものなので、ちょっと見てください。

特定秘密保護法撤廃を

二〇一三年十二月六日、世論の慎重審議や廃案を求める声が高まるなかで特定秘密保護法が自民党、公明党の賛成多数で可決、成立しました。この特定秘密保護法は①秘密の範囲があいまい②官僚や政治家が恣意的に秘密を指定できる③秘密指定の妥当性をチェックできる独立した機関がない、などさまざまな問題点が指摘されています。

その後のマスコミ世論調査でも七〇％以上の人々が国会の論議は不十分だった、不安を感じる、という結果が出ています。

この法律の最大の問題は国民の「知る権利」や「表現の自由」を抑制する可能性がきわめて高いことにあります。

戦前の社会では「知る権利」や「表現の自由」が奪われた結果、絵本の世界でも自由な表現が失われ、子どもの心をも軍国主義の色に染め上げていくという過ちを犯しました。

子どもはあらゆることに興味を持ち、無限の可能性を持つ存在です。情報が制限され、表現が抑制された社会の中で、子どもの豊かな知識や感受性を育むことは困難です。私たち大人は思想信条を超えて次世代に民主的で自由な社会を残す責務があると考えます。

絵本学会は、絵本の研究、評論、創作を自由に展開できる社会を望みます。法律によって多様で自由な表現を抑制する可能性のある特定秘密保護法の撤廃を求めます。

二〇一四年五月三十一日　絵本学会

この声明は、昨年の絵本学会の大会で一人の棄権も反対もなく、出席者全員の賛同が得られました。子どもを育てる文化を生み出すためには表現の自由は欠かせません。

窪島：さきほどもお話ししたように、二〇〇五年に無言館の慰霊碑に、赤ペンキがぶちまけられる事件がありました。無言館の存在を批判され、僕自身の人生を否定されたような、なんともやるせない思いがしました。

だれが、どんな目的で、そのような行為をしたのか、真相はいまでもわかりません。ただ、その行為ひとつをとっても、「自由にものを言わせてはいけない」という空気は、いつでも、どこかに潜んでいます。

だからこそ、同時に、僕たち美術館屋は、そうした多様な意見をものみこむ覚悟をもたなければならないと思います。

松本：僕の師匠、飯沢匡さんは、「広辞苑や、大新聞が、正しいとは限らない」という言葉どおり、「こういうものだから、こうでなくてはならない」というような考え方を、一切しませんでした。常識にとらわれずに、自分がどう考えるのかを大切にしろと、常日頃、おっしゃっていました。

あるとき、僕が文章を書いて飯沢さんにお見せすると「ダメだ」とおっしゃる。でも、いろいろ考えて、ほとんどおなじ文章をお見せしたら今度は「いいよ」とおっしゃる。

そのあいだに、僕はたしかにあれこれ考えた。おそらく、飯沢さんは「きみが自分の頭で考えたから、それでいいんだ」と、おっしゃりたかったのでしょう。

そんな飯沢さんの教えを受けてきた僕ですから、いま、「美術館は公共施設だから、中立でなければいけない」というような意識には、とらわれたくない。

いまの時代に、個人の立場であれ、美術館という立場であれ、できるかぎりの発言や行動をしていきたいと考えています。

窪島：小宮山量平さんの《私の大学》構想の、いちばん根っこにある考え方は、やはり「自分の頭で考えることのできる若者を育てたい」ということでした。小宮山さんは、「若い世代が、自分の頭で考えなくなったとき、この国は第二の敗戦を迎えるだろう」とも、おっしゃっていました。

その意味では、この国はいま、かなり危ない段階に来ているのかもしれない。

高度経済成長の恩恵を受け、何も考えずに生きていた〈うきぶくろ〉の過去を消すことはできないし、七十を過ぎた残りの時間で何が出来るのかもわからないけれど、とにかく、自分に与えられた条件のなかで、できるだけのことをするしかない。ただ僕は、いま自分がおかれている美術館屋という立場で、これだけは言いたいんです。

絵を描きたい、小説を書きたい、音楽を奏でたい……と欲している、そういう人間たちの、表現の自由を守りたい。

それは単に、すぐれた芸術作品を守りたいということではない。一枚の絵、一編の小説、一曲の歌のまえで、感動のあまり立ちすくむ、そんな何億もの人たちのこころの自由を守りたい。

だから僕は、表現の自由を規制するものだけは許さない。

無言館に飾られた絵から聞こえてくる「もっと描きたい、もっと描きたい、ああ、もっと描きたい……」という画学生たちの叫び声。

あの悲痛なコーラスが、ふたたび繰り返されるようなことだけは、ぜったいに、あってはいけない。

〈第五部〉 小宮山量平さんへの手紙

松木　猛

窪島　誠一郎

松本猛より

小宮山さんといつごろからお話しするようになったのか正確には覚えていませんが、おそらく、母が亡くなって、ちひろ美術館をつくった一九七七年ころではないでしょうか。僕は美術館を何とか成り立たせたいと、子どもの本に携わる皆さんの集まる場所にはよく出かけて、宣伝をしたり、支援をお願いしていました。何かのパーティーだったようにも思います。まだ二十代の僕が緊張して挨拶すると、小宮山さんはいつものやさしい笑顔で、「僕はあなたが子どものころから知ってますよ」と手を握りながら、励ましてくださったような記憶があります。でも、残念なことに一度もゆっくりお話しする機会はありませんでした。

それから三十年以上たって、僕は二〇一〇年に長野県知事選に立候補しました。その時、小宮山さんは、子どもの本の関係者たちがつくってくれた後援会の会長をしてくださいました。あの時は、本当にありがとうございました。気恥ずかしくなるような推薦文をいただいたり、力強いご支援を賜りながらご期待に添えず申し訳ありませんでした（あの時期のことを思い出すとつい、候補者口調になってしまいます！）。当時、やはり、感動的な応援演説をしていただいた窪島さんとこうやって対談をさせていただくことになったのは、何かのご縁のように思います。

選挙というのはなかなか大変でしたが、何がよかったかといえば、長野県内をくまなく歩いて、信州の良さを実感できたことかもしれません。小さな町や村にも古い町並みが残っていたり、それぞれの地域の歴史のなかで生まれたその土地にしかない文化がありました。それまで出会うチャンスがなかった農業や林業の方々と語り合えたことも、子どもの本や美術の世界しか知らなかった僕にとっては貴重な経験でした。

世の中は自分が知らないことだらけだ、ということがわかったことが、いちばんの収穫だったかもしれません。

今、小宮山さんにお会いできるなら、お聞きしたいことが山ほどあるのに、どうしてお元気なときにその時間をつくらなかったのか、悔やまれます。

小宮山さんは母より二つ歳上の一九一六年生まれですから、水上勉さんや、無言館に集められた絵を描いた画学生たちとほぼ同世代です。窪島さんの無言館を応援されていたのは他人事《ひとごと》とは思えなかったからなのですね。

小宮山さんは『映画《シネマ》は《私の大学》でした』（二〇一二年、こぶし書房刊）という本を書いておられるし、理論社で映画の本を何冊も出されています。戦前の無声映画の時代から大変映画がお好きだったそうですが、実は、母も女学生時代から、かなり映画を見ていました。僕が大学時代に、京橋にあったフィルムセンターに通い、三本立て二百円くらいで古いフランス映画やハリウッド映画を見ていた時、母がすべての映画を知っていたので驚いたことがあります。

母は、小宮山さんのことを親しそうに語っておりましたが、いつごろ知り合って、どんなことを話していたのでしょう？　古い映画のことでしょうか、信州の話でしょうか、あるいは戦後すぐの神田時代の思い出だったのでしょうか……。母が、小宮山さんといっしょに仕事をしたのは、早乙女《さおとめ》勝元《かつもと》さんが東京大空襲をテーマに少年と少女の物語を書かれた、『ゆびきり』が最初だったのでしょうか。あの本は一九六一年に理論社から刊行されています。早乙女さんはよくわが家へいらしてましたが、小宮山さんもいっしょだったことがあるのでしょうか。

お聞きしたいことばかりです。せっかく、上田にいらっしゃいと言ってくださっていたのに残念でなりません。

早乙女さんは、一晩で十万人が亡くなった三月十日の東京大空襲を生き抜いた一人です。母はその後の五月二十五日の山の手空襲の時に家を焼かれ、神田川の水をバケツで頭からかぶりながら生きのびました。母が東京空襲の絵を描いたのは『ゆびきり』の時がはじめてだと思います。あそこに描かれた炎や、焼け跡の光景は母が目にしたそのままのものなのでしょう。早乙女さんは、新版の『ゆびきり』のあとがきのなかで「生きるも死ぬも紙一重だった日々に、子どもだった私は無我夢中だったが、戦火にまみれた彼女の青春は、さぞかし重くて深い疼きを、心に残したことだろう」と書かれています。

小宮山さんも、水上さんもそれぞれ状況はちがっていましたが、おなじように重く、深い疼きを心に持っておられたのだろうと思います。『ゆびきり』は二〇一三年、本書とおなじ新日本出版社で復刻されました。これも何か縁を感じます。

僕が、この本の企画の話をご子息の民人《たみひと》さんにお話ししたのは、まったくの偶然でした。たまたま、飲み屋でご一緒する機会があり、民人さんが理論社をやめてフリーになるという話をされたので、ふっと窪島さんと「対談でもしようか」と話したことを思い出して、本にできないかと提案したのです。民人さんは、僕が、母と水上さんは同学年だという話をした時、お父様の小宮山量平さんのことが頭をよぎったのではないかと思います。僕も、民人さんも戦後生まれですが、親の影響を強く受けています。民人さんは同じ理論社で仕事をされていたのですから、小宮山さんの理念を共有されていたのだと思います。その理念を貫けないまま理論社にとどまることを潔しとしなかったのでしょうか。何かが民人さんの心のなかで動いたのでしょう。

実は、この本の版元である新日本出版社の社長兼編集長の田所稔さんは、若いころから水上勉といわさきちひろを愛してやまない人でした。水上勉の本はほとんど読み、ちひろの絵のそばにいたいということから、ちひろ美術館の近所に住んでいました。窪島さんは、ちひろと水上さんは似ても似つかないとおっしゃる。僕もそう思いますが、まったく異質なこの二人を田所さんの感性は無数にいる作家や画家の中から選び出している。そこには、やはり何かつながるものがあるからなのかもしれません。

僕は運命論者ではありませんが、これだけつながってくると、「赤い糸」を信じてしまいそうです。小宮山量平、水上勉、いわさきちひろのそれぞれの思想や感性が一つの流れになって、この本の誕生を後押ししてくれたように思います。

さて、ふるさととの話です。現代は長野県でもどこでも、山村や農村の過疎化が進み、都市へと人が流れていきます。僕は原発事故のあとの福島をたびたび訪ねていますが、現地の方たちに聞くと、事故以来、若い人が田舎を離れて、過疎化の速度が十年から二十年急速に進んだようだと言っています。小学校の新入生もどんどん減って複式学級が増えています。学校の統合も増えてくるでしょう。

僕は知事選に出るとき、子どもの問題を調べたのですが、まわりに自然がいっぱいの田舎の子も、いまでは自然のなかで遊ぶことが少なくなってきています。分校がなくなると山村の子どもなどはスクールバスで学校に通います。決まった時間に学校に入り、授業が終わるとまたスクールバスで家まで送り届けられます。両親は勤めていることも多く、祖父母が畑にでている家が多くなりました。子どもは家に帰るとテレビをみたり、ゲームをしたりして過ごします。外で近所の子どもたちと遊んでつくられてきた地域のコミュニティはこうして少しずつ弱くなっているようです。

しかし、可能性を感じさせる取り組みもあります。二〇一〇年に調査した内容ですがご紹介します。上田市に隣接する人口五千人ほどの青木村では、児童センターを、村に住むゼロ歳から十八歳までの子どもなら誰でも利用できるようにして、保険の対象地域も、センター内と校庭だけから村全域に広げました。夏は、室内のクーラーを切り、川遊びを楽しむようにして、冬は戸外で焚き火をするようにしました。ケガをしたらどうする、と言う保護者もいましたが、指導員や村の教育委員会の粘り強い努力で、参加する子どもたちはどんどん増えていきました。現代の多くの小学校では、クラスが別だったり、学年がちがったりすれば、互いに話すこともないのが普通ですが、青木村ではこうした遊びを通して、年齢のちがう子どもたちの交流が生まれ、子どもたちのあいだにコミュニティが成立してきました。また、曜日を決めて村の高齢者などが子どもたちを指導するクラブ活動を展開しています。囲碁、将棋、ゲートボール、剣道、柔道、茶道、そろばん、折り紙、川遊び、畑&わら細工、ピザづくり、野草クラブ。虫取りや山遊びクラブもあります。全校児童二百五十名の小学校からクラブの日は百五十人も集まってくるといいます。ちなみに普通の日でも百人近い子どもが毎日やってきます。

こうしたクラブ活動は、高齢者をはじめとした大人と子どもの接点をつくり、子どもたちが、世代のちがう人たちの知恵や、技を学ぶようになります。年配の人への尊敬の気持ちも自然に生まれ、人間としての幅が広がっていきます。クラブの講師の人に外で出会うと、子どもたちはいっしょにいる親に、「○○の先生だよ」といって挨拶をするようになったといいます。新たな地域のコミュニティが生まれてきています。

こうした努力は青木村だけでなく、いくつもの地域でさまざまな挑戦があります。

安曇野ちひろ美術館がある松川村では、美術館と村が協力して二〇一六年に安曇野ちひろ公園を拡張して「トットちゃん広場」をオープンさせます。これはちひろ美術館の館長でもある黒柳徹子さんが小学校時代を過ごした、電車が教室だった「トモエ学園」を再現する試みです。村はすでに、大正十五年と昭和二年に製造された本物の電車を取得し、教室にしてさまざまな活動を展開する予定です。『窓際のトットちゃん』の中にある「畠《はたけ》の先生」という文章ではお百姓さんが先生になって子どもたちに農作物の話をするのですが、トットちゃん広場では、村の農家の方たちに先生になってもらってこれをやりたいと考えています。その他にもいろいろな計画がありますが、子どもたちが、自由であることや自然と触れ合うことの楽しさを知ってもらえる場所にしたいと考えています。

また、黒柳さんのユニセフ親善大使としての活動を紹介して、世界の子どもたちの状況や、平和であることの大切さもわかりやすく語ることができればと思います。

村の子どもたちがこの場を活用するのはもちろんですが、いろいろな地域から安曇野ちひろ美術館を観光で訪れる家族たちにも、楽しんでもらいたいと思っています。

安野光雅さんが言っていた、「ふるさととは子ども時代のことではないか」という言葉のように、長野県だけでなく、日本中で楽しく心に残る「ふるさと」をつくる努力をしていかなければならないでしょう。それはお金に換算できない豊かさを知ることにつながるはずです。ちひろ美術館の活動が、小宮山さんが大切に考えていらした「自分の足で立ち、自分の頭で考える」精神の確立につながればうれしいです。

僕なんかよりもはるかにたくさんの人生経験をお持ちの窪島さんに学びながら、民人さんや、小宮山さんの意志を引き継いで《私の大学》を運営されている長女の荒井きぬ枝さんたちとともに、僕たちの世代が次の世代に何を語り、何をしなければならないかを、これからも考えていくつもりです。

窪島誠一郎より

量平先生。

いま、松本猛さんとの対談のゲラを、東京の小宮山民人君あてに投函してきたところです。

今回の松本さんとの対談は、何かの席で二人が顔を合わせたとき、どちらからともなく「今度対談でもしようよ」ということになり、その話を、松本さんが民人君のもとへ持ちこんだというのがコトの発端でした。民人君は量平先生が創業なさった理論社を退職され、これからはフリーで出版の仕事をやってゆこうと考えていた矢先だったそうで、その意味では、光栄にもこの対談は、エディターとしての民人君の新しい門出を飾る本になったといえるでしょう。

それにしても、今回はつくづく、民人君のもっている量平先生仕込みの編集者ダマシイ（！）に感服させられました。

だいたい、この対談本の企画を民人君から聞かされたとき、正直、私は今一つ気乗りがしなかったのです。まず第一に、私の営む「信濃デッサン館」や「無言館」と、松本さんの創設された「ちひろ美術館」とでは、その出自の事情においても規模においても、また、その設立趣旨においても大きな違いがありましたし、私より一回り近くも若く、だれもが認める芸大出身の美術界のサラブレッドである松本さんと、もはや老齢の域に入っている水商売上がりのシロウト美術館屋である私とが向かい合って、果たしてどれだけ実りのある話しができるのか、自信がもてなかったのです。少々お酒も入っていた席で、あまり深く考えもせず二人で盛り上がった企画でしたので、私は何となく「大丈夫かな」といった気分でいたのです。

それと、対談の副テーマに、「水上勉といわさきちひろが伝えようとしたもの」とあることにも、ちょっと腰がひけました。

対談のなかでも語っているのですが、私と松本さんとでは、同じ肉親に対する立ち位置でもずいぶん相違があります。七十をこえた今になっても、まだどこかで父親への愛憎の思いを断ち切れないでいる私と、幼い頃からまっすぐに肉親の寵愛《ちようあい》を受けて育った松本さんとでは、親の仕事に対する観察眼にもおおいに差がある。松本さんはさかんに、いわさきちひろと水上勉がほぼ同じ戦争下を生き、その足跡のかなりの部分に、共通した時代背景や生活環境があったといわれていますが、たしかにそれは事実であるにしても、私は両者の表現者としての「考え方」や「方法」、つまり二人が「伝えたかったもの」にはだいぶ開きがあるようにも思っていたのです。

ところが、松本、上田、東京と、時間や対談場所をかえて、松本さんとじっくり話をかわしているうちに、だんだん毛糸の絡まりがほどけてきたというか、これまで自分が意識していなかったもう一つの「美術館」像、もっというなら「美術館」経営という仕事にたずさわる者の、あるべき姿勢のようなものに気づかされたのです。

松本さんは、私が想像していたより何倍も、ご母堂いわさきちひろの仕事を深く理解し、その理解を現在の「ちひろ美術館」の運営理念に生かされている人でした。幼少期から母親の仕事部屋で育った松本さんは、作家ちひろの創作の歓びや苦悩、社会や時代への向き合い方を直《じか》に心身に吸収し、芸大を出てから母との共作の絵本制作にも取り組み、その経験がごく自然に、「ちひろ美術館をつくろう」という動機に結びついたといわれています。考えてみれば、戦時中に離別して戦後三十何年も経ってから再会、すでに社会的にも声価の高かった「直木賞」作家水上勉と、ニワカ父子の関係を構築した私とでは、比較にならないほど濃密な精神的な絆を、松本さんは母ちひろさんとのあいだに形成していたといっていいかもしれません。

しかし、その出発点がどうあれ、松本さんも私も、どうやら「美術館」という〝触媒〟を通して、これからの私たちがどう生きねばならないかという命題に立ち向かっている「同志」であることは、今回の対談で確認できたような気がします。松本さんにいえば、「それはちょっとちがう」と異論をはさまれるかもしれませんが、私は「社会」や「時代」といった漠としたものを相手にするのではなく、「美術館」にこられた人々が「自分の問題」として作品に接する、そんな空間や時間を大切にしようとしている美術館が、「ちひろ美術館」であり、「信濃デッサン館」であり「無言館」であるように思われるのです。

これも対談中にのべているのですが、昨今の「美術館」業界は、あまりに観光施設化、イベント施設化している傾向にあります。新しい才能、新しい動向に美術館が眼をこらすのは当然ですが、それはあくまでも、美術館が掲げる「何を美しいものとするか」という、独自の価値観と定義に裏打ちされてのこと。表層的な流行や現象に惑わされ、公的美術館までがテレビタレントや人気歌手の絵遊びの会場と化しつつあるという、目を覆うばかりの「ポピュリズム」化には、私の頭はどうしてもついてゆけないのです。

亡くなった城山三郎さんは、「群れるのではなく個でありつづけること」の大切さを説いておられましたが、まさしくその通りで、美術館の仕事はそうしためまぐるしい社会や時代の流れのなかに、いかに不動のクサビを打ちこむかということにかかっているといえるでしょう。社会や時代がどう変わろうと、そこに生きる人々にとっての美意識の羅針盤ともなるべき存在が美術館なのではないのか、と私は思っているのです。

その点でも、どうやら松本さんとは意見の一致をみたようです。

ことに二人が意気投合したのは、私たちが運命的に漂着した、信州という自然風土に対して抱いている畏敬《いけい》と感謝の思いでした。私は上田、松本さんは安曇野というふるさとをもったことによって、あらためて人間と自然、人間と風土という関係を見直す機会をもらったといえるのです。たしかに私は、三十余年間この上田という地で暮らしたことで、それまでの都会では発見することのできなかった「美の芽」と出会うことができました。「美の芽」とは、上田を拠点に多くの教育、芸術活動にうちこんだ先人たち、たとえば山本鼎や石井鶴三やタカクラテルが耕した土壌の下に埋めこまれた「文化の遺伝子」のごときものです。それまで知識として知っていた村山槐多や関根正二たちの画業が、上田という土地のなかでもう一つ鮮明にうかびあがってきたのは当然だったでしょう。

遺伝子、というような言葉を使いましたが、冒頭でもいったように、今回のこの対談をまとめていただいた量平先生のご子息民人君の、編集者としての手腕には大変感心しました。

もともとこの対談本は、私と松本さんが自由気ままに話した会話記録を、民人君が巧みにトリミングし、アレンジしてつくってくれた本なのですが、それにしても、私たちが言わんとする意見のツボを押さえ、論旨をくみとり、かつ両者の言葉のあいだに思いがけない化学反応まで起こさせた熟練ワザには、まったく恐れ入りました。これもまた、戦後日本の児童文学界を牽引し、児童書出版の黎明を切り拓《ひら》いた量平先生から受けついだ、いわば編集者としてのＤＮＡがもたらしたものなのかと瞠目《どうもく》したものです。

私たちは信州へきて、自然風土の恩恵ともども、小宮山量平先生を得、民人君を得たというべきなのでしょう。

そういえば、もうお一人、量平先生の血を色濃く受けつがれた長女荒井きぬ枝さんが主宰される《私の大学》の集いも、上田駅前の「エディターズミュージアム」で順調に回を重ねているようです。

この本の最初のほうで、きぬ枝さんが語られているように、編集者であり作家であり思索家であった量平先生が、最晩年まで提唱しつづけてきたのが、《私の大学》――「わが内なる大学」の構想でした。折にふれ先生が語られていた、「敗戦の祖国に立ち還った直後に、大正デモクラシーの所産である『自由大学運動』を継承しながら、しみじみと、この日本の地に〈自立的精神〉がよみがえり、自分の頭で考え、自分の足で立つ、知的温床の育たぬ限り、希望にみちた変革はあり得ないと痛感しました」(「新しい自由大学運動よ、起れ!」)という言葉は、今も私たちの胸をゆさぶりつづけています。きぬ枝さんも常々口にされているように、「父がのこしたこの理念を、次の時代につなげてゆくのが私たちの役目」という思いは、同じ上田に生きる同時代人たちに託された宿題でもあるのです。

この本の出版が、そうした《私の大学》プロジェクトの一環として計画されたことはうれしいかぎりでした。なかなか踏んぎりがつかなかった私に、きぬ枝さんや民人君が、「この対談は父量平が愛した信州の文化状況を伝えるのに一番適した企画」とおっしゃってくださったことも、大きな力になりました。

ただ、こうやって対談を終えてみると、雲の上の量平先生にどれだけのことをお伝えてきたか、少し不安です。

松本さんも「ちひろ美術館」の運営に奮闘されているようですが、私の「信濃デッサン館」「無言館」も、ここ数年来館者数が激減、一時期両館あわせて十万人余の客人をむかえていた盛況ぶりも今は昔の話で、昨年、一昨年はついに四万人台にまで落ちこんでいます。ふだんから「文化の価値は数値では計れない」を標榜しているわが美術館ですが、それにしても、ここ数年の上田「文化圏」への客足の遠のきは、深刻に受けとめざるを得ません。とりわけ県内、市内からの来館者の減少はとても悲しい。これはとりもなおさず、ふだんからこの土地に生きる市民にあたえられた、文化的インフラというか、常日頃から芸術文化に親しむ習慣や生活そのものが痩せ細っている証《あかし》とも考えられます。対談中でも吠えているのですが、「文化」は瞬間花火のテレビドラマやアウトレットの店舗進出から生まれるものではありません。休日にぶらりと訪れることのできる品揃え豊富な書店さん、好きな音楽がいつでも視聴できるレコード・ショップさん、茶の間に飾る絵を家族でさがしにゆける画廊さん、そうした基本的な市民共有の生活空間が健在であってこそ、芸術や文化に関心を抱く民度というべきものが育つのです。

それこそが、量平先生がいわれていた「自分の頭で考え、自分の足で立つ、知的温床」というものなのではないでしょうか。

もっとも、このような「文化」の衰微は、わが信州の一地方都市にだけみられるのではなく、今や日本という国全体にひろがる重い病弊といえるかもしれません。あの一億総国民がなべて文明発展の原罪をふりかえり、自らの生活の足元を見直す契機になったはずの東日本大震災の記憶さえ、いつのまにか遠くに押しやられ、またしてもわが国は「経済成長」のアダ花をもとめて走り出そうとしています。原発の汚染水やプルトニウムの処分問題、放射能に追われた数万という漂流家族を放置したまま、ふたたび大都市集中の乱開発と商業オリンピックの栄華をめがけて、猛進しようとしているのです。

ご承知の通り、私は物心ついた十代の終わり頃、昭和三十年代後半からはじまった高度経済成長の時代をむかえました。日本が草の根一本生えない敗戦の焼け跡から立ち上がり、一にも二にも物カネの豊かさをもとめ、刻苦奮励のもと現在の経済繁栄の素地を築きあげようとしていたあの時代、私もまた企業戦士ならぬ、眠い眼をこすって働くバーテンダー戦士の一人だったのです。今でも耳をすませば、低いところから高いところへ、小さいモノから大きいモノへ、暗い戦前、戦中から明るい戦後へと脱皮していった、あのふるいたつような昂奮《こうふん》と快哉《かいさい》とが心の底によみがえってきます。

しかし、そのいっぽうで私たちは、見事なまでに「人間は何のために生きるのか」「本当の豊かさとは何か」という、自らへの本源的な問いかけを見失ったまま生きてきたような気がするのです。

そう、この松本さんとの対談本が果たす役割があるとしたら、そういう行方定まらぬ混沌の世の中にあって、もう一ど私たちが私たち自身の歩く道を耕し直そうではないか、そこに芽生える自生の「哲学」や「思想」、そこに生まれる精神の赤児を、もう一ど抱き直そうではないかというメッセージを発信することだと思います。メッセージや発信という言葉はあまり好きではありませんが、要するに、今の「経済至上主義」「利便性至上主義」にいったんブレーキをかけ、静かに足をとめて思索する時間をつくろうではないか、といいたいのです。

いま、地球上のあちこちを血にそめている宗教間戦争、人種差別紛争についても、同じことがいえます。私たちは、私たちが経験したあの七十年前の酷《むご》い戦争の記憶を、こうした時代にこそ鮮明によみがえらせ、喚起させ、同じ地平を生きる「人間の問題」として捉えなければなりません。父や母が咽《な》き、子が飢え、弱き者が焼きつくされたあの歴史の延長上にある「今」を、自分の眼でみつめなければなりません。仮にも為政者やジャーナリズムの誘導に「個」を失い、ただ無抵抗に「群れ」のなかに没してはならないのです。

量平先生。

相変わらずのつたない文章に、ヤレヤレといったお顔をされている先生がうかびます。

肝心の「量平さん、ふるさと、これでいいんですか? このくに、これでいいんですか?」をすっかり忘れて、ここまで書いてきてしまいましたが、いくら案じても案じ足りない、いくら憂いても憂い足りないというのが、わが国の現状、ふるさと上田の現状のようです。アレヨ、アレヨのうちに、秘密保護法やら集団的自衛権やら奇っ怪なるバケモノが、平和憲法を食いちぎる時代が到来しています。先生がこよなく愛され、代表作の題名にもされた「千曲川」のほとりには、不沈空母のごとき巨大催事場兼美術館が誕生し、かたわらを新品ピカピカの北陸新幹線が突っ走っています。こんどお盆にお帰りになったら、さぞびっくりなさるでしょう。

《私の大学》といえば、マクシム・ゴーリキー同様、わが父水上勉もろくすっぽ学校を出ず、輜重《しちょう》隊員としての軍隊体験を経て、一説では四十種にもおよぶ職業を転々とした苦労人作家でした。数十年ぶりに再会した不肖の子にも、そんな父の「厭戦《えんせん》」の遺伝子だけはしぶとく受けつがれているようです。

あっというまに七十三歳の後期高齢者予備軍ともなりましたが、九十五歳往生を達せられた先生からみれば、まだまだヒヨコ。命つきるまで、先生が旅立たれたあとの上田を見守ってゆきますので、どうかご安堵を。

窪島誠一郎（くぼしま・せいいちろう）
1941年東京生まれ。印刷工、酒場経営などを経て、64年東京世田谷区に小劇場「キッド・アイラック・アート・ホール」を設立。79年長野県上田市に夭折画家のデッサンを展示する私設美術館「信濃デッサン館」を、97年に戦没画学生慰霊美術館「無言館」を設立。
NHKでテレビドラマ化された、実父・水上勉との再会を綴った『父への手紙』（筑摩書房）のほか、『傷ついた画布の物語』『戦没画家　靉光の生涯』（新日本出版社）、『「無言館」の坂道』『雁と雁の子』（平凡社）、『漂泊・日系画家野田英夫の生涯』（新潮社）、『「無言館」ものがたり』（講談社）、『「無言館」への旅』（白水社）、『石榴と銃』（集英社）、『鼎と槐多』（信濃毎日新聞社）など著者多数。
第46回産経児童出版文化賞、第14回地方出版文化功労賞、第7回信毎賞、第13回NHK地域放送文化賞を受賞。「無言館」での活動で第53回菊池寛賞を受賞。

松本猛（まつもと・たけし）
美術・絵本評論家、作家、絵本学会会長、ちひろ美術館（東京・安曇野）常任顧問、信州自遊塾塾長、美術評論家連盟会員、日本文藝家協会会員、日本ペンクラブ会員。1951年いわさきちひろ（絵本画家）と松本善明（元衆議院議員・弁護士）の子として東京都に生まれる。東京藝術大学美術学部芸術学科卒業。ちひろの没後、77年に世界初の絵本美術館となる「いわさきちひろ絵本美術館」（現＝ちひろ美術館・東京）、97年に「安曇野ちひろ美術館」を設立。同館館長、長野県信濃美術館・東山魁夷館館長を歴任。内外の絵本原画展審査員を務め、世界中の優れた絵本画家の作品収集に力を注ぐ。ちひろ美術館のコレクションは世界最大規模。
著書に『安曇野ちひろ美術館をつくったわけ』（新日本出版社）、『東山魁夷と旅するドイツ・オーストリア』（日経新聞出版社）。絵本に『ふくしまからきた子』『ふくしまからきた子　そつぎょう』（絵・松本春野、岩崎書店）、『白い馬』（絵・東山魁夷、講談社）。エッセイ集に『母ちひろのぬくもり』（講談社）、『安曇野ふわりふわり』（信濃毎日新聞社）などがある。

窪島誠一郎《くぼしませいいちろう》・松本猛《まつもとたけし》ホンネ対談《たいだん》 〈ふるさと〉って、なに？!

2015年6月25日 初 版

著 者 窪島 誠一郎
松本 猛
発行者 田所 稔

郵便番号 151-0051 東京都渋谷区千駄ヶ谷4-25-6
発 行 所 株式会社 新 日 本 出 版 社
電話 03（3423）8402（営業）
03（3423）9323（編集）
info@shinnihon-net.co.jp
www.shinnihon-net.co.jp
振替番号 00130-0-13681
印刷・製本 光陽メディア

落丁・乱丁がありましたらおとりかえいたします。

ISBN978-4-406-05909-1 C0095 Printed in Japan